诗词大会
训练题库

《诗词大会训练题库》编辑部 编

中华书局

图书在版编目(CIP)数据

诗词大会训练题库/《诗词大会训练题库》编辑部编. —北京：
中华书局,2018.4(2025.10 重印)
ISBN 978-7-101-13010-2

Ⅰ.诗… Ⅱ.诗… Ⅲ.①古典诗歌–诗歌欣赏–中国②词
(文学)–诗歌欣赏–中国–古代 Ⅳ.I207.2

中国版本图书馆 CIP 数据核字(2017)第 316359 号

书　　名	诗词大会训练题库	
编　　者	《诗词大会训练题库》编辑部	
责任编辑	傅　可	
装帧设计	王铭基	
责任印制	管　斌	
出版发行	中华书局	
	(北京市丰台区太平桥西里 38 号　100073)	
	http://www.zhbc.com.cn	
	E-mail:zhbc@zhbc.com.cn	
印　　刷	北京中科印刷有限公司	
版　　次	2018 年 4 月第 1 版	
	2025 年 10 月第 12 次印刷	
规　　格	开本/710×1000 毫米　1/16	
	印张 16½　插页 2　字数 180 千字	
印　　数	58001-61000 册	
国际书号	ISBN 978-7-101-13010-2	
定　　价	49.00 元	

《诗词大会训练题库》编辑部

前　言

　　近两年来，中国古典诗词之美重新唤醒大众的心灵，诗词创作亦进入了一种全民参与的"集体自觉"。在这个充满自信的新时代，"春兴勃发，诗情并茂"的文化繁荣景象再度展现。

　　中央电视台的《中国诗词大会》节目甫一播出，即受到老百姓的普遍欢迎。很多家庭是一家子围坐在电视机前，或点评选手，或你争我赶参与互动答题，三季诗词大会赢得了亿万观众的心。而自媒体平台亦是忙得不亦乐乎：诗友们的精神家园"诗词中国"手机客户端下载量达到 3600 万次，活跃用户达到 400 万。每天有数万人在"诗词中国"微信公众号上欣赏美文，交流心得。在《诗词英雄》直播答题平台，男女老少热情高涨，跃跃欲试。

　　诗意蓬勃的局面何以在当代出现呢？究其动因，这是中国人文化自信的一次集中反映，是进入文化自信新时代的一个信号。诗歌，承载和传递着中国人的哲学思想、伦理道德、审美情趣，中国传统诗词的凝练文字、声律之美更代表着中国人对汉语言最精妙的应用。如今，读诗、写诗又回到了大众生活当中，不能不说是新时代的一大乐事。

　　人们蓬勃的诗情，正是"诗词中国"组委会推出这本《诗词大会训练题库》的动力。本书是一本题库，共收录了 1000 余道题目，均为八位编者原创。他们中既有诗词界享有盛誉的专家学者、知名中学的语文特级教师，也有《中国诗词大会》《中华好诗词》等诗词类节目的学术顾问、出题人和从这些诗词节目中走出来的明星选手。

　　本书共设置八个题型，分别为："九宫格""十二宫格""名句找茬""诗词接龙""诗词填空""诗词理解""诗词线索""名句续作"。所涉及的诗词，均为编者从历代传世经典诗词中所选。在考点的设置上，则以"内容经典"和"文化价值"为考量标准，与现行中小学《语文》课本接轨，不取偏题、难题、怪题。诗词范围，从《诗经》《楚辞》到近现代伟人的作品均有涵盖。

　　这是一本可以随手翻翻、随时玩玩的诗词书，里面只有题目和答案，没有深度的讲解，但是你会和你耳熟能详的诗词名句以一种有趣的方式相遇。如果《中国诗词大会》让你意犹未尽，《诗词英雄》让你有所遗憾，你还可以和家人朋友随时来上一场痛快淋漓的比赛。何乐而不为呢？

《诗词大会训练题库》编辑部
二〇一八年四月

目　录

第一部分　九宫格

東郊梅西鄰姓惟
朱與陳相逢皆丑玉
咸不擬喚素賓穀
賤稅稻喜糯收酒
六醇每圓幽雅意
真神愧周臣
癸巳季秋下澣

（明）周臣《毛诗图》（局部）

1. 请从以下 9 个字中识别一句诗词

儿	问	遥
巾	家	共
呼	女	沾

2. 请从以下 9 个字中识别一句诗词

季	前	不
钟	见	后
来	晨	者

3. 请从以下 9 个字中识别一句诗词

相	古	长
怀	竟	思
起	安	夕

4. 请从以下 9 个字中识别一句诗词

入	仍	黄
岳	海	天
河	流	九

5. 请从以下 9 个字中识别一句诗词

月	江	上
风	悬	正
钓	帆	一

6. 请从以下 9 个字中识别一句诗词

边	郭	水
子	树	绿
合	村	楼

7. 请从以下 9 个字中识别一句诗词

终	岁	南
秀	但	美
成	岭	阴

8. 请从以下 9 个字中识别一句诗词

渔	傍	下
莲	心	子
东	舟	动

9. 请从以下 9 个字中识别一句诗词

大	青	外
沙	孤	漠
钩	烟	直

10. 请从以下 9 个字中识别一句诗词

有	人	月
衣	傍	见
还	不	多

11. 请从以下 9 个字中识别一句诗词

天	生	不
目	飞	月
下	才	镜

12. 请从以下 9 个字中识别一句诗词

孤	独	江
山	人	云
闲	去	脚

13. 请从以下 9 个字中识别一句诗词

空	余	性
鸟	山	春
悦	静	光

14. 请从以下 9 个字中识别一句诗词

秀	山	青
未	齐	揽
了	岳	鲁

15. 请从以下 9 个字中识别一句诗词

昨	风	飘
然	思	飞
余	不	群

16. 请从以下 9 个字中识别一句诗词

破	影	在
故	遭	国
河	山	在

17. 请从以下 9 个字中识别一句诗词

江	火	半
钟	灭	明
烛	船	独

18. 请从以下 9 个字中识别一句诗词

当	草	劲
缕	言	灰
谁	心	寸

19. 请从以下 9 个字中识别一句诗词

吹	客	风
皱	又	舟
春	生	水

20. 请从以下 9 个字中识别一句诗词

寒	笛	烟
隔	潇	波
翠	上	风

21. 请从以下 9 个字中识别一句诗词

处	登	高
寒	不	望
飞	胜	花

22. 请从以下 9 个字中识别一句诗词

雪	清	柳
落	袖	冷
金	节	秋

23. 请从以下 9 个字中识别一句诗词

细	出	里
风	鱼	儿
江	没	波

24. 请从以下 9 个字中识别一句诗词

夜	留	夕
计	阳	无
住	路	春

25. 请从以下 9 个字中识别一句诗词

明	几	月
东	时	篱
寻	在	当

26. 请从以下 9 个字中识别一句诗词

话	报	安
语	无	凄
处	凉	凭

27. 请从以下 9 个字中识别一句诗词

有	木	如
枝	缘	只
故	香	身

28. 请从以下 9 个字中识别一句诗词

闻	长	歌
江	踏	共
中	饮	水

29. 请从以下 9 个字中识别一句诗词

事	待	全
逝	情	此
难	古	忆

30. 请从以下 9 个字中识别一句诗词

俊	东	子
江	不	多
肯	土	过

 答案

1. 儿女共沾巾
2. 后不见来者
3. 竟夕起相思
4. 黄河入海流
5. 风正一帆悬
6. 绿树村边合
7. 终南阴岭秀
8. 莲动下渔舟
9. 大漠孤烟直
10. 不见有人还
11. 月下飞天镜
12. 孤云独去闲
13. 山光悦鸟性
14. 齐鲁青未了
15. 飘然思不群
16. 国破山河在
17. 江船火独明
18. 谁言寸草心
19. 春风吹又生
20. 波上寒烟翠
21. 高处不胜寒
22. 冷落清秋节
23. 出没风波里
24. 无计留春住
25. 当时明月在
26. 无处话凄凉
27. 只有香如故
28. 共饮长江水
29. 此事古难全
30. 不肯过江东

第二部分　十二宫格

（明）马轼《归去来兮图·问征夫以前路》

1. 请从以下 12 个字中识别一句诗词

不	处	笑	山
从	青	敢	何
客	路	问	来

2. 请从以下 12 个字中识别一句诗词

青	见	林	初
山	碧	何	人
江	月	畔	水

3. 请从以下 12 个字中识别一句诗词

战	回	潮	空
马	古	人	征
几	背	来	城

4. 请从以下 12 个字中识别一句诗词

风	闻	道	关
门	玉	来	不
逐	水	春	度

5. 请从以下 12 个字中识别一句诗词

里	商	女	长
亡	还	万	恨
关	未	人	征

6. 请从以下 12 个字中识别一句诗词

江	入	火	愁
枫	连	吴	雨
夜	平	晓	寒

7. 请从以下 12 个字中识别一句诗词

尽	酒	春	风
沉	桃	杯	劝
一	更	程	君

8. 请从以下 12 个字中识别一句诗词

佳	思	重	逢
又	灯	节	心
亲	每	卧	倍

9. 请从以下 12 个字中识别一句诗词

飞	白	思	逸
无	兴	俱	敌
烈	壮	激	怀

10. 请从以下 12 个字中识别一句诗词

一	百	日	六
年	饮	去	须
会	岁	三	杯

11. 请从以下 12 个字中识别一句诗词

故	西	帝	乡
白	朝	云	间
家	彩	岭	辞

12. 请从以下 12 个字中识别一句诗词

一	辞	去	黄
人	复	鹤	故
下	西	楼	任

13. 请从以下 12 个字中识别一句诗词

天	识	误	天
便	下	人	路
谁	使	不	君

14. 请从以下 12 个字中识别一句诗词

千	山	暮	悠
目	载	间	云
空	悠	尽	白

15. 请从以下 12 个字中识别一句诗词

君	还	伴	明
春	珠	青	愁
作	好	回	乡

16. 请从以下 12 个字中识别一句诗词

催	声	四	面
半	晨	鼓	客
到	船	夜	钟

17. 请从以下 12 个字中识别一句诗词

无	江	城	不
潮	飞	流	下
春	处	花	落

18. 请从以下 12 个字中识别一句诗词

从	此	逍	舟
横	渡	人	惜
无	自	在	野

19. 请从以下 12 个字中识别一句诗词

生	代	双	如
一	只	色	初
若	人	见	心

20. 请从以下 12 个字中识别一句诗词

山	色	却	道
近	天	凉	草
看	无	遥	有

21. 请从以下 12 个字中识别一句诗词

卧	三	醉	日
十	生	六	一
百	年	朝	红

22. 请从以下 12 个字中识别一句诗词

巧	破	寻	花
入	弄	云	罗
月	隔	影	来

23. 请从以下 12 个字中识别一句诗词

千	月	里	明
思	他	度	百
众	天	涯	寻

24. 请从以下 12 个字中识别一句诗词

曲	终	闻	渐
衣	不	笑	悄
悔	散	带	宽

25. 请从以下 12 个字中识别一句诗词

借	香	魂	芳
问	缕	得	花
梅	君	一	菲

26. 请从以下 12 个字中识别一句诗词

诉	脉	晴	也
风	也	更	雨
春	无	伤	无

27. 请从以下 12 个字中识别一句诗词

香	消	绡	翠
菡	簟	红	秋
残	藕	叶	玉

28. 请从以下 12 个字中识别一句诗词

何	相	必	识
归	逢	似	春
社	曾	来	燕

29. 请从以下 12 个字中识别一句诗词

金	如	千	樽
纵	深	金	相
恩	买	难	赋

30. 请从以下 12 个字中识别一句诗词

春	蚕	何	了
丝	秋	风	月
时	落	花	风

答案

1. 笑问客从何处来
2. 江畔何人初见月
3. 古来征战几人回
4. 春风不度玉门关
5. 万里长征人未还
6. 寒雨连江夜入吴
7. 劝君更尽一杯酒
8. 每逢佳节倍思亲
9. 俱怀逸兴壮思飞
10. 会须一饮三百杯
11. 朝辞白帝彩云间
12. 故人西辞黄鹤楼
13. 天下谁人不识君
14. 白云千载空悠悠
15. 青春作伴好还乡
16. 夜半钟声到客船
17. 春城无处不飞花
18. 野渡无人舟自横
19. 人生若只如初见
20. 草色遥看近却无
21. 一年三百六十日
22. 云破月来花弄影
23. 众里寻他千百度
24. 衣带渐宽终不悔
25. 借得梅花一缕魂
26. 也无风雨也无晴
27. 红藕香残玉簟秋
28. 似曾相识燕归来
29. 千金纵买相如赋
30. 春花秋月何时了

第三部分　名句找茬

（明）唐寅《东篱赏菊图》

1. 请问"关关雎鸠，在河之洲"中哪个字是错的？
A 雎 ×—雌　　B 河 ×—水　　C 洲 ×—州

2. 请问"青青子襟，悠悠我心"中哪个字是错的？
A 襟 ×—衿　　B 悠 ×—攸　　C 我 ×—吾

3. 请问"使君从南来，四马立踟蹰"中哪个字是错的？
A 南 ×—西　　B 四 ×—五　　C 立 ×—飞

4. 请问"闻君有两意，故来相诀绝"中哪个字是错的？
A 两 ×—三　　B 意 ×—义　　C 诀 ×—决

5. 请问"交疏结绮窗，阿阁三层阶"中哪个字是错的？
A 疏 ×—蔬　　B 绮 ×—倚　　C 层 ×—重

6. 请问"初期会孟津，乃心在咸阳"中哪个字是错的？
A 孟 ×—盟　　B 乃 ×—其　　C 咸 ×—河

7. 请问"萁在釜下燃，豆在釜中泣"中哪个字是错的？
A 萁 ×—其　　B 燃 ×—然　　C 豆 ×—菽

8. 请问"长驱蹈匈奴，左顾陵鲜卑"中哪个字是错的？
A 蹈 ×—捣　　B 左 ×—右　　C 陵 ×—凌

9. 请问"结庐在仙境，而无车马喧"中哪个字是错的？
A 庐 ×—茅　　B 仙 ×—人　　C 喧 ×—嚣

10. 请问"池塘生秋草，园柳变鸣禽"中哪个字是错的？
A 秋 ×—春　　B 园 ×—苑　　C 柳 ×—杨

11. 请问"昔日人已没，今时水犹寒"中哪个字是错的？
A 日 ×—时　　B 没 ×—殁　　C 时 ×—日

12. 请问"城阕辅三秦，风烟望五津"中哪个字是错的？
A 阕 ×—阙　　B 烟 ×—火　　C 五 ×—孟

13. 请问"岑外音书绝，经冬复历春"中哪个字是错的？
A 岑 ×—岭　　B 绝 ×—断　　C 春 ×—秋

14. 请问"情人怨遥夕，竟夜起相思"中哪个字是错的？
A 遥 ×—远　　B 夕 ×—夜　　C 夜 ×—夕

15. 请问"故人具鸡粟，邀我至田家"中哪个字是错的？
A 粟 ×—黍　　B 邀 ×—要　　C 至 ×—到

16. 请问"白发三千尺，缘愁似个长"中哪个字是错的？
A 尺 ×—丈　　B 缘 ×—原　　C 长 ×—常

17. 请问"春风吹不尽，总是阳关情"中哪个字是错的？
A 春 ×—秋　　B 吹 ×—刮　　C 阳 ×—玉

18. 请问"六月天山雪，无花只有寒"中哪个字是错的？
A 六 ×—五　　B 天 ×—黄　　G 花 ×—雪

19. 请问"青山横南郭，白水绕西城"中哪个字是错的？
A 南 ×—北　　B 白 ×—赤　　C 西 ×—东

20. 请问"愿君多采摘，此物最相思"中哪个字是错的？
A 採 ×—采　　B 摘 ×—擷　　C 思 ×—忆

21. 请问"空山新雨后，天气夜来秋"中哪个字是错的？
A 新 ×—小　　B 夜 ×—晚　　C 秋 ×—新

22. 请问"清晨入古寺，旭日照高林"中哪个字是错的？
A 晨 ×—早　　B 旭 ×—初　　C 高 ×—深

23. 请问"会当陵绝顶，一览众山小"中哪个字是错的？
A 陵 ×—凌　　B 览 ×—揽　　C 小 ×—高

24. 请问"千金买马鞍，百金装刀头"中哪个字是错的？
A 鞍 ×—鞭　　B 百 ×—万　　C 刀 ×—剑

25. 请问"日暮青山远，天寒白屋贫"中哪个字是错的？
A 青 ×—苍　　B 寒 ×—冷　　C 白 ×—黑

26. 请问"远芳侵古道，青翠接荒城"中哪个字是错的？
A 古 ×—故　　B 青 ×—晴　　C 接 ×—连

27. 请问"未暗姑食性，先遣小姑尝"中哪个字是错的？
A 暗 ×—谙　　B 食 ×—吃　　C 遣 ×—就

28. 请问"碧玉妆成一树高，万条垂下柳丝绦"中哪个字是错的
A 妆 ×—装　　B 树 ×—丈　　C 柳 ×—绿

29. 请问"黄河远上白沙间，一片孤城万仞山"中哪个字是错的？
A 沙 ×—云　　B 片 ×—座　　C 万 ×—千

30. 请问"但使主人能醉客，不知何处是故乡"中哪个字是错的？
A 但 ×—旦　　B 醉 ×—留　　C 故 ×—他

31. 请问"孤帆远影碧空尽，唯见黄河天际流"中哪个字是错的？
A 影 ×—景　　B 碧 ×—璧　　C 黄河 ×—长江

32. 请问"黄鹤楼中吹玉笛，江城四月落梅花"中哪个字是错的？
A 黄鹤楼 ×—岳阳楼　　B 笛 ×—箫　　C 四 ×—五

33. 请问"乘风破浪会有时，直挂云帆济沧海"中哪个字是错的？
A 乘 ×—长 　　B 直 ×—只 　　C 沧 ×—仓

34. 请问"屈原辞赋悬日月，楚王台榭空山丘"中哪个字是错的？
A 原 ×—平 　　B 辞 ×—词 　　C 楚 ×—秦

35. 请问"古人不见今时月，今月曾经照古人"中哪个字是错的？
A 古 ×—今 　　B 今 ×—古 　　C 月 ×—日

36. 请问"君不见长江之水天上来，奔腾到海不复回"中哪个字是错的？
A 长江 ×—黄河 　　B 天 ×—地 　　C 腾 ×—流

37. 请问"安能催眉折腰事权贵，使我不得开心颜"中哪个字是错的？
A 催 ×—摧 　　B 事 ×—侍 　　C 颜 ×—彦

38. 请问"独在他乡为异客，人逢佳节倍思亲"中哪个字是错的？
A 他 ×—异 　　B 节 ×—日 　　C 人 ×—每

39. 请问"日暮乡关何处是？烟波海上使人愁"中哪个字是错的？
A 日 ×—旦 　　B 乡 ×—汉 　　C 海 ×—江

40. 请问"大漠穷秋塞草肥，孤城落日斗兵稀"中哪个字是错的？
A 穷 ×—深 　　B 肥 ×—腓 　　C 稀 ×—希

41. 请问"窗含西岭千堆雪，门泊东吴万只船"中哪个字是错的？
A 西 ×—东　　B 堆 ×—秋　　C 只 ×—里

42. 请问"舍南舍北皆春水，旦见群鸭日日来"中哪个字是错的？
A 春 ×—秋　　B 旦 ×—但　　C 鸭 ×—鸥

43. 请问"细推物理须行乐，何用浮荣拌此身"中哪个字是错的？
A 理 ×—里　　B 荣 ×—华　　C 拌 ×—绊

44. 请问"即从巴峡穿巫峡，便下襄樊向洛阳"中哪个字是错的？
A 巴 ×—三　　B 下 ×—走　　C 樊 ×—阳

45. 请问"张旭千杯草圣传，脱帽露顶王公前"中哪个字是错的？
A 千 ×—三　　B 圣 ×—书　　C 帽 ×—冠

46. 请问"北风卷地白草折，胡天九月即飞雪"中哪个字是错的？
A 北 ×—西　　B 白 ×—百　　C 九 ×—八

47. 请问"愿得此身常报国，何须生入嘉峪关"中哪个字是错的？
A 此 ×—终　　B 常 ×—长　　C 嘉峪关 ×—玉门关

48. 请问"云横五岭家何在，雪拥蓝关马不前"中哪个字是错的？
A 五 ×—秦　　B 在 ×—处　　C 蓝关 ×—萧关

49. 请问"人间五月芳菲尽，山中桃花始盛开"中哪个字是错的？
A 五 ×—四　　　 B 中 ×—寺　　　 C 桃花 ×—梅花

50. 请问"最爱湖西行不足，绿柳阴里白沙堤"中哪个字是错的？
A 西 ×—东　　　 B 柳 ×—杨　　　 C 白 ×—黄

51. 请问"峨眉山下行人少，旌旗无光日色薄"中哪个字是错的？
A 眉 ×—嵋　　　 B 行人少 ×—少人行　　　 C 日 ×—暮

52. 请问"人生只合杭州死，禅智山光好墓田"中哪个字是错的？
A 合 ×—该　　　 B 杭 ×—扬　　　 C 光 ×—景

53. 请问"花开堪折直需折，莫待无花空折枝"中哪个字是错的？
A 直 ×—真　　　 B 需 ×—须　　　 C 待 ×—等

54. 请问"天下三分明月夜，二分无赖是杭州"中哪个字是错的？
A 三 ×—二　　　 B 明 ×—圆　　　 C 杭 ×—扬

55. 请问"折戟沉沙铁未销，自将摩洗认前朝"中哪个字是错的？
A 铁 ×—铜　　　 B 销 ×—消　　　 C 摩 ×—磨

56. 请问"千里乌啼绿映红，水村山郭酒旗风"中哪个字是错的？
A 乌 ×—莺　　　 B 水村 ×—山村　　　 C 山郭 ×—水郭

57. 请问"昨夜星辰昨夜风，画楼南畔桂堂东"中哪个字是错的？
A 辰 ×—晨　　 B 南 ×—西　　 C 东 ×—西

58. 请问"锦琴无端五十弦，一弦一柱思华年"中哪个字是错的？
A 琴 ×—瑟　　 B 弦 ×—铉　　 C 华 ×—花

59. 请问"班骓只系垂杨岸，何处东南待好风"中哪个字是错的？
A 班 ×—斑　　 B 杨 ×—柳　　 C 东 ×—西

60. 请问"洞房昨夜停花烛，待晓堂前拜舅姑"中哪个字是错的？
A 夜 ×—晚　　 B 花 ×—红　　 C 前 ×—上

61. 请问"骑牛远远过前村，长笛横吹隔垄闻"中哪个字是错的？
A 牛 ×—马　　 B 长 ×—短　　 C 垄 ×—垅

62. 请问"毕竟西湖四月中，风光不与四时同"中哪个字是错的？
A 四 ×—六　　 B 光 ×—景　　 C 时 ×—季

63. 请问"应怜屐齿印苍苔，小叩柴扉久不开"中哪个字是错的？
A 屐 ×—展　　 B 苍 ×—仓　　 C 柴 ×—篱

64. 请问："西塞山前白鹭飞，桃花流水鳜鱼肥"中哪个字是错的？
A 鹭 ×—鸶　　 B 桃花 ×—杏花　　 C 鳜鱼 ×—鲈鱼

65. 请问"林花谢了秋红，太匆匆。无奈朝来寒雨、晚来风"中哪个字是错的？
A 秋 ×—春　　B 朝 ×—早　　C 晚 ×—暮

66. 请问"无言独上高楼，月如钩。寂寞梧桐深院、锁清秋"中哪个字是错的？
A 高 ×—西　　B 钩 ×—勾　　C 清 ×—青

67. 请问"伫倚危楼风细细。望断春愁，黯黯生天际"中哪个字是错的？
A 危 ×—高　　B 断 ×—极　　C 春 ×—乡

68. 请问"多情自古伤别离。更那堪、冷落清秋节"中哪个字是错的？
A 别离 ×—离别　　B 那 ×—哪　　C 清 ×—青

69. 请问"昨夜西风凋碧树。独上高楼，望断天涯路"中哪个字是错的？
A 西 ×—东　　B 高 ×—危　　C 断 ×—尽

70. 请问"料峭秋风吹酒醒。微冷。山头斜照却相迎"中哪个字是错的？
A 秋 ×—春　　B 山 ×—日　　C 却 ×—仍

71. 请问"纤云弄巧，飞星传恨，银汉迢迢暗渡"中哪个字是错的？
A 恨 ×—狠　　B 迢 ×—岩　　C 渡 ×—度

72. 请问"千古兴亡多少事，悠悠。不禁长江滚滚流"中哪个字是错的？
A 悠 ×—攸　　B 禁 ×—尽　　C 流 ×—来

73. 请问"醉里挑灯看箭，梦回吹角连营"中哪个字是错的？
A 醉 ×—梦　　　B 箭 ×—剑　　　C 连 ×—联

74. 请问"休说鲈鱼堪脍。尽西风、季鹰归未"中哪个字是错的？
A 鲈 ×—鳜　　　B 脍 ×—鲙　　　C 西 ×—东

75. 请问"明月别枝惊鹊，清风夜半鸣蝉。稻花香里说丰年，听取蛙声一片"中哪个字是错的？
A 鹊 ×—鹳　　　B 夜半 ×—半夜　　　C 片 ×—阵

76. 请问"尝记曾携手处，千树压、西湖寒碧。又片片、吹尽也，几时见得"中哪个字是错的？
A 尝 ×—长　　　B 碧 ×—璧　　　C 几 ×—何

77. 请指出"劝君更进一杯酒，西出阳关无故人"中哪个字是错误的？
A 进 ×—尽　　　B 出 ×—向　　　C 故 ×—古

78. 请指出"妆罢低声问夫君，画眉深浅入时无"中哪个字是错误的？
A 妆 ×—装　　　B 君 ×—婿　　　C 无 ×—妩

79. 请指出"马上相逢无纸笔，凭君寄语报平安"中哪个字是错误的？
A 逢 ×—迎　　　B 寄 ×—传　　　C 报 ×—道

80. 请指出"不知何处吹芦笛，一夜征人尽望乡"中哪个字是错误的？
A 笛 ×—管　　B 征 ×—归　　C 望 ×—惘

81. 请指出"东风举国裁宫锦，半作障泥半作帆"中哪个字是错误的？
A 东 ×—春　　B 锦 ×—绣　　C 障 ×—帐

82. 请指出"山围故国周遭在，潮打空城寂寞归"中哪个字是错误的？
A 围 ×—巍　　B 打 ×—撼　　C 归 ×—回

83. 请指出"春城何处不飞花，寒食东风御柳斜"中哪个字是错误的？
A 何 ×—无　　B 东 ×—春　　C 御 ×—蔚

84. 请指出"解时春风无限恨，沉香亭北倚阑干"中哪个字是错误的？
A 时 ×—释　　B 无 ×—何　　C 亭 ×—阁

85. 请指出"嫦娥应悔偷灵药，碧海情天夜夜心"中哪个字是错误的？
A 灵 ×—神　　B 情 ×—青　　C 心 ×—新

86. 请指出"折戟沉沙铁未消，自将磨洗认前朝"中哪个字是错误的？
A 沉 ×—沈　　B 消 ×—销　　C 前 ×—秦

87. 请指出"且看欲进花经眼，莫厌伤多酒入唇"中哪个字是错误的？
A 进 ×—尽　　B 厌 ×—倦　　C 多 ×—心

88. 请指出"青川历历汉阳树，芳草萋萋鹦鹉洲"中哪个字是错误的？
A 青 ×—晴　　　B 阳 ×—江　　　C 洲 ×—州

89. 请指出"云里帝城双凤阙，雾中春树万人家"中哪个字是错误的？
A 城 ×—都　　　B 雾 ×—雨　　　C 万 ×—千

90. 请指出"丛菊两开明日泪，孤舟一系故园心"中哪个字是错误的？
A 两 ×—双　　　B 明 ×—他　　　C 舟 ×—州

91. 请指出"曾是寂寞金烬暗，断无消息石榴红"中哪个字是错误的？
A 寞 ×—寥　　　B 断 ×—绝　　　C 消 ×—讯

92. 请指出"花径不曾缘客扫，篷门今始为君开"中哪个字是错误的？
A 缘 ×—觉　　　B 篷 ×—蓬　　　C 为 ×—向

93. 请指出"三顾频繁天下计，两朝开济老臣心"中哪个字是错误的？
A 繁 ×—烦　　　B 计 ×—纪　　　C 济 ×—继

94. 请指出"云边雁断胡天月，陇上牛归塞草烟"中哪个字是错误的？
A 雁 ×—燕　　　B 牛 ×—羊　　　C 塞 ×—边

95. 请指出"苍海月明珠有泪，蓝田日暖玉生烟"中哪个字是错误的？
A 苍 ×—沧　　　B 有 ×—余　　　C 生 ×—升

96. 请指出"沉舟侧畔千帆过,老树前头万木春"中哪个字是错误的?
A 帆 ×—船　　B 老 ×—病　　C 木 ×—林

97. 请指出"长风破浪会有时,直挂云帆济苍海"中哪个字是错误的?
A 长 ×—乘　　B 直 ×—只　　C 苍 ×—沧

98. 请指出"人生得意须皆欢,莫使金樽空对月"中哪个字是错误的?
A 皆 ×—尽　　B 樽 ×—爵　　C 对 ×—望

99. 请指出"回头一笑百媚生,六宫粉黛无颜色"中哪个字是错误的?
A 头 ×—眸　　B 六 ×—三　　C 颜 ×—艳

100. 请指出"别有忧愁暗恨生,此时无声胜有声"中哪个字是错误的?
A 有 ×—是　　B 忧 ×—幽　　C 胜 ×—剩

101. 请指出"女娲炼石补天处,石破天惊都秋雨"中哪个字是错误的?
A 炼 ×—练　　B 都 ×—逗　　C 秋 ×—春

102. 请指出"俱怀逸兴壮志飞,欲上青天揽明月"中哪个字是错误的?
A 俱 ×—共　　B 志 ×—思　　C 青 ×—清

103. 请指出"安能摧眉折腰识权贵,使我不得开心颜"中哪个字是错误的?
A 摧 ×—催　　B 识 ×—事　　C 得 ×—成

104. 请指出"来如雷霆收震怒，罢如江河凝清光"中哪个字是错误的？
A 收 ×—周　　B 河 ×—海　　C 清 ×—青

105. 请指出"少陵无人天仙死，才薄将奈石鼓何"中哪个字是错误的？
A 少 ×—杜　　B 天 ×—谪　　C 何 ×—歌

106. 请指出"江天一色无纤尘，皎皎空中明月轮"中哪个字是错误的？
A 纤 ×—千　　B 中 ×—里　　C 明 ×—孤

107. 请指出"楚客欲知瑶瑟怨，潇湘深夜月明时"中哪个字是错误的？
A 知 ×—听　　B 瑟 ×—琴　　C 深 ×—静

108. 请指出"满目山河空念远，落花风雨又伤春"中哪个字是错误的？
A 目 ×—眼　　B 念 ×—怀　　C 又 ×—更

109. 请指出"舞折杨柳楼心月，歌尽桃花扇底风"中哪个字是错误的？
A 折 ×—低　　B 楼 ×—波　　C 尽 ×—近

110. 请指出"独立小桥风满袖，平林闲月人归后"中哪个字是错误的？
A 风 ×—星　　B 闲 ×—新　　C 归 ×—别

111. 请指出"绿杨烟外暮寒轻，红杏枝头春意闹"中哪个字是错误的？
A 烟 ×—云　　B 暮 ×—晓　　C 枝 ×—梢

112. 请指出"会挽弯弓如满月，西北望，射天狼"中哪个字是错误的？
A 弯 ×—雕　　B 满 ×—明　　C 望 ×—往

113. 请指出"携手相看泪眼，竟无语凝噎"中哪个字是错误的？
A 携 ×—执　　B 看 ×—望　　C 语 ×—言

114. 请指出"自在飞红轻似梦，无边丝雨细如愁"中哪个字是错误的？
A 红 ×—花　　B 边 ×—穷　　C 细 ×—寂

115. 请指出"云中谁寄锦书来，雁阵回时，月满西楼"中哪个字是错误的？
A 寄 ×—记　　B 阵 ×—字　　C 回 ×—归

116. 请指出"自胡马窥江去后，废池乔木，犹厌兴兵"中哪个字是错误的？
A 窥 ×—渡　　B 乔 ×—桥　　C 兴 ×—言

117. 请指出"万山有声含晚籁，数峰无语立斜阳"中哪个字是错误的？
A 山 ×—壑　　B 数 ×—孤　　C 斜 ×—残

118. 请指出"泉眼无声惜细流，树阴照水爱轻柔"中哪个字是错误的？
A 惜 ×—息　　B 照 ×—罩　　C 轻 ×—晴

119. 请指出"等闲识得东风貌，万紫千红总是春"中哪个字是错误的？
A 识 ×—知　　B 貌 ×—面　　C 总 ×—自

120. 请指出"半亩方塘一剑开，天光云影共徘徊"中哪个字是错误的？
A 方 ×一芳　　B 剑 ×一鉴　　C 影 ×一映

121. 请指出"春风一不到天涯，二月山城未见花"中哪个字是错误的？
A 春 ×一东　　B 一 ×一疑　　C 未 ×一为

122. 请指出"桃李春风一壶酒，江湖夜雨十年灯"中哪个字是错误的？
A 李 ×一杏　　B 壶 ×一杯　　C 夜 ×一冷

123. 请指出"楼船夜雪瓜洲度，铁马秋风大散关"中哪个字是错误的？
A 雪 ×一雨　　B 度 ×一渡　　C 关 ×一原

124. 请指出"沾衣欲润杏花雨，吹面不寒杨柳风"中哪个字是错误的？
A 润 ×一湿　　B 杏 ×一林　　C 寒 ×一酣

125. 请指出"伤心桥下春波绿，似是惊鸿照影来"中哪个字是错误的？
A 绿 ×一碧　　B 似 ×一曾　　C 影 ×一镜

126. 请指出"有约不来过夜半，闲瞧棋子落灯花"中哪个字是错误的？
A 约 ×一邀　　B 瞧 ×一敲　　C 落 ×一烙

127. 请指出"关关睢鸠，在河之洲。窈窕淑女，君子好述"中哪个字是错误的？
A 睢 ×一雎　　B 洲 ×一州　　C 述 ×一求

128. 请指出"硕鼠硕鼠，无食我黍。三岁惯女，莫我肯顾"中哪个字是错误的？

A 黍 ×—菽　　B 惯 ×—贯　　C 顾 ×—故

129. 请指出"桃之夭夭，灼灼其华。之子于归，宜齐室家"中哪个字是错误的？

A 夭 ×—遥　　B 于 ×—余　　C 齐 ×—其

130. 请指出"死生契阔，与子成说。执子之手，与子协老"中哪个字是错误的？

A 契 ×—弃　　B 成 ×—诚　　C 协 ×—偕

131. 请指出"青青子衿，呦呦我心。纵我不往，子宁不嗣音"中哪个字是错误的？

A 衿 ×—襟　　B 呦呦 ×—悠悠　　C 嗣 ×—思

132. 请指出"长叹息以掩涕兮，哀民生之多艰"中哪个字是错误的？

A 叹 ×—太　　B 掩 ×—眼　　C 生 ×—声

133. 请指出"既含睇兮又宜笑，子慕予兮擅窈窕"中哪个字是错误的？

A 含 ×—涵　　B 慕 ×—莫　　C 擅 ×—善

134. 请指出"后皇嘉树，橘来服兮。受命不迁，生南国兮"中哪个字是错误的？

A 嘉 ×—佳　　B 来 ×—徕　　C 迁 ×—潜

135. 请指出"亦余心之所善兮，虽九死其尤未悔"中哪个字是错误的？
A 亦 ×—毅　　B 善 ×—尚　　C 尤 ×—犹

136. 请指出"成既勇兮又以武，终刚强兮不可凌"中哪个字是错误的？
A 成 ×—诚　　B 武 ×—伍　　C 凌 ×—聆

137. 请指出"青青河畔草，绵绵生远道。远道不可思，宿昔梦见之"中哪个字是错误的？
A 生 ×—思　　B 思 ×—知　　C 宿 ×—溯

138. 请指出"青青园中葵，朝露待日曦。阳春布德泽，万物生光辉"中哪个字是错误的？
A 曦 ×—晞　　B 阳 ×—扬　　C 辉 ×—晖

139. 请指出"思君令人老，岁月忽已晚。弃眷勿复道，努力加餐饭"中哪个字是错误的？
A 忽 ×—惚　　B 眷 ×—捐　　C 道 ×—到

140. 请指出"盛年不满百，常怀千岁忧。昼短苦夜长，何不秉烛游"中哪个字是错误的？
A 盛 ×—生　　B 常 ×—长　　C 秉 ×—摒

141. 请指出"明月何皎皎，照我罗床帏。忧愁不能寐，揽衣齐徘徊"中哪个字是错误的？
A 罗 ×—萝　　B 寐 ×—昧　　C 齐 ×—起

142. 请指出"青青陵上柏，累累涧中石。人生天地间，忽如远行客"中哪个字是错误的？

A 陵 ×—岭　　　B 累累 ×—磊磊　　　C 生 ×—升

143. 请指出"河汉清且浅，相去复几许。盈盈一水间，默默不得语"中哪个字是错误的？

A 汉 ×—瀚　　　B 盈 ×—莹　　　C 默默 ×—脉脉

144. 请指出"东临碣石，以观沧海。水何澹澹，山岛耸峙"中哪个字是错误的？

A 碣 ×—偈　　　B 澹 ×—漫　　　C 耸 ×—竦

145. 请指出"山不厌高，海不厌深。周公吐脯，天下归心"中哪个字是错误的？

A 厌 ×—言　　　B 脯 ×—哺　　　C 归 ×—皈

146. 请指出"控弦破左的，右发摧月支。仰手接飞猱，俯身散马蹄"中哪个字是错误的？

A 的 ×—地　　　B 摧 ×—催　　　C 飒 ×—散

147. 请指出"心悲动我身，弃置勿重陈。丈夫志四海，万里犹比邻"中哪个字是错误的？

A 身 ×—神　　　B 重 ×—崇　　　C 志 ×—至

148. 请指出"援琴鸣弦发清商，短歌微吟不能常"中哪个字是错误的？

A 援 ×—缘　　B 清 ×—磬　　C 常 ×—长

149. 请指出"夜终不能寐，起坐弹鸣琴。薄帷鉴明月，清风吹我襟"中哪个字是错误的？

A 终 ×—中　　B 坐 ×—座　　C 帷 ×—违

150. 请指出"目送归鸿，手挥五弦。俯仰自得，用心太玄"中哪个字是错误的？

A 鸿 ×—雁　　B 挥 ×—拂　　C 用 ×—游

151. 请指出"被褐出阊阖，高步追许由。震衣千仞冈，濯足万里流"中哪个字是错误的？

A 被 ×—着　　B 步 ×—部　　C 震 ×—振

152. 请指出"泛览周王传，留观山海图。俯仰终宇宙，不乐复何如"中哪个字是错误的？

A 览 ×—揽　　B 留 ×—流　　C 终 ×—中

153. 请指出"山气日夕佳，飞鸟相与还。此中有真意，欲辩已忘言"中哪个字是错误的？

A 佳 ×—嘉　　B 与 ×—遇　　C 辩 ×—辨

154. 请指出"户庭无尘杂，虚室有余闲。久在樊笼里，赋得返自然"中哪个字是错误的？

A 尘 ×—陈　　B 虚 ×—静　　C 赋 ×—复

155. 请指出"人生无根蒂，飘如陌上尘。分散逐风转，此亦非常身"中哪个字是错误的？

A 蒂 ×—底　　B 逐 ×—住　　C 亦 ×—已

156. 请指出"亲戚或余悲，他人亦已歌。死去何所道，托体同山河"中哪个字是错误的？

A 余 ×—欲　　B 死 ×—此　　C 河 ×—阿

157. 请指出"初景革绪风，新阳改故阴。池塘生村草，园柳变鸣禽"中哪个字是错误的？

A 景 ×—影　　B 村 ×—春　　C 变 ×—缅

158. 请指出"余霞散成绮，澄江静如练。喧鸟复春洲，杂英满芳甸"中哪个字是错误的？

A 成 ×—橙　　B 复 ×—覆　　C 甸 ×—殿

159. 请指出"自古圣贤皆贫贱，何况我辈固且直"中哪个字是错误的？

A 皆 ×—节　　B 况 ×—妨　　C 固 ×—孤

160. 请指出"摇落秋为气,凄凉多怨情。啼枯湘水竹,哭怀杞梁城"中哪个字是错误的?

A 摇 ×—遥　　B 枯 ×—哭　　C 怀 ×—坏

161. 请指出"万里赴戎机,关山渡若飞。朔气传金柝,寒光照铁衣"中哪个字是错误的?

A 戎 ×—戍　　B 渡 ×—度　　C 朔 ×—溯

162. 请指出"满纸荒唐言,一把辛苦泪。都云作者痴,谁解其中味"中哪个字是错误的?

A 唐 ×—诞　　B 苦 ×—酸　　C 解 ×—知

163. 请指出"眼底道路无经纬,皮里春秋空黑黄"中哪个字是错误的?

A 底 ×—前　　B 阳 ×—春　　C 黑 ×—玄

164. 请指出"韶华休笑本无恨。好风频借力,送我上青云"中哪个字是错误的?

A 韶 ×—少　　B 恨 ×—根　　C 频 ×—凭

165. 请指出"一朝春近红颜老,花落人亡两不知"中哪个字是错误的?

A 近 ×—尽　　B 落 ×—飞　　C 知 ×—识

166. 请指出"孤标傲世偕谁饮,一样花开为底迟"中哪个字是错误的?

A 世 ×—事　　B 饮 ×—隐　　C 底 ×—何

167. 请指出"金沙水拍云涯暖，大渡桥横铁索寒"中哪个字是错误的？
A 拍 ×—排　　B 涯 ×—崖　　C 索 ×—锁

168. 请指出"宜将剩勇追穷寇，不可虚名学霸王"中哪个字是错误的？
A 将 ×—奖　　B 穷 ×—敌　　C 虚 ×—沽

169. 请指出"牢骚太甚防肠断，风物长宜放眼量"中哪个字是错误的？
A 甚 ×—盛　　B 防 ×—妨　　C 眼 ×—胆

170. 请指出"指点江山，激荡文字，粪土当年万户侯"中哪个字是错误的？
A 荡 ×—扬　　B 当 ×—昔　　C 侯 ×—候

171. 请指出"江山如此多骄，引无数英雄竞折腰"中哪个字是错误的？
A 骄 ×—娇　　B 引 ×—因　　C 竞 ×—竟

172. 请指出"风墙动，龟蛇静，起宏图"中哪个字是错误的？
A 墙 ×—樯　　B 静 ×—净　　C 宏 ×—弘

173. 请指出"雄关慢道真如铁，而今迈步从头越"中哪个字是错误的？
A 慢 ×—漫　　B 如 ×—似　　C 而 ×—尔

174. 请指出"茫茫九脉流中国，沉沉一线穿南北"中哪个字是错误的？
A 茫 ×—莽　　B 脉 ×—派　　C 沉 ×—陈

175. 请指出"大江歌罢掉头东，遂密群科济世穷"中哪个字是错误的？
A 掉 ×—棹　　 B 遂 ×—邃　　 C 世 ×—事

176. 请指出"此去泉台招旧步，旌旗十万斩阎罗"中哪个字是错误的？
A 泉 ×—全　　 B 步 ×—部　　 C 十 ×—千

177. 请指出："出师未捷身先死，常使英雄泪满襟"中哪个字是错误的？
A 捷 ×—果　　 B 身 ×—生　　 C 常 ×—长

178. 请指出："但使龙城飞将在，不叫胡马度阴山"中哪个字是错误的？
A 但 ×—若　　 B 叫 ×—教　　 C 度 ×—渡

179. 请指出："海上升明月，天涯共此时"中哪个字是错误的？
A 升 ×—生　　 B 明 ×—圆　　 C 共 ×—同

180. 请指出："不识庐山真面目，只源身在此山中"中哪个字是错误的？
A 只 ×—自　　 B 源 ×—缘　 C 身 ×—生

181. 请指出："闻道长安似奕棋，百年世事不胜悲"中哪个字是错误的？
A 道 ×—到　　 B 奕 ×—弈　　 C 胜 ×—慎

182. 请指出："乱花渐欲谜人眼，浅草才能没马蹄"中哪个字是错误的？
A 渐 ×—见　　 B 谜 ×—迷　　 C 没 ×—抹

183. 请指出："呼儿将出换美酒，与尔同消万古愁"中哪个字是错误的？
A 儿 ×—尔　　B 换 ×—唤　　C 消 ×—销

184. 请指出："大漠风尘日色昏，红旗半卷出园门"中哪个字是错误的？
A 尘 ×—晨　　B 昏 ×—浑　　C 园 ×—辕

185. 请指出："风急天高猿啸哀，渚青沙白鸟飞回"中哪个字是错误的？
A 急 ×—紧　　B 啸 ×—哮　　C 青 ×—清

答案

1. A 睢 ✕ —雎

2. A 襟 ✕ —衿

3. B 四 ✕ —五

4. C 诀 ✕ —决

5. C 层 ✕ —重

6. A 孟 ✕ —盟

7. A 箕 ✕ —其

8. C 陵 ✕ —凌

9. B 仙 ✕ —人

10. A 秋 ✕ —春

11. A 日 ✕ —时　　C 时 ✕ —日

12. A 阒 ✕ —阙

13. A 岑 ✕ —岭　　B 绝 ✕ —断

14. A.B. 夕 ✕ —夜　　C 夜 ✕ —夕

15. A 粟 ✕ —黍

16. A 尺 ✕ —丈

17. A 春 ✕ —秋　　C 阳 ✕ —玉

18. A 六 ✕ —五

19. A 南 ✕ —北　　C 西 ✕ —东

20. B 摘 ✕ —撷

21. B 夜 ✕ —晚

22. B 旭 ✕ —初

23. A 陵 ✕ —凌

24. A 鞍 ✕ —鞭

25. A 青 ✕ —苍

26. B 青 ✕ —晴

27. A 暗 ✕ —谙

28. C 柳 ✕ —绿

29. A 沙 ✕ —云

30. C 故 ×—他

31. C 黄河 ×—长江

32. C 四 ×—五

33. A 乘 ×—长

34. A 原 ×—平

35. A 古 ×—今　　B 今 ×—古

36. A 长江 ×—黄河　　C 腾 ×—流

37. A 催 ×—摧

38. A 他 ×—异　　C 人 ×—每

39. C 海 ×—江

40. B 肥 ×—腓

41. B 堆 ×—秋　　C 只 ×—里

42. B 旦 ×—但　　C 鸭 ×—鸥

43. C 拌 ×—绊

44. C 樊 ×—阳

45. A 千 ×—三

46. C 九 ×—八

47. B 常 ×—长　　C 嘉峪关 ×—玉门关

48. A 五 ×—秦

49. A 五 ×—四　　B 中 ×—寺

50. A 西 ×—东　　B 柳 ×—杨

51. B 行人少 ×—少人行

52. B 杭 ×—扬

53. B 需 ×—须

54. C 杭 ×—扬

55. C 摩 ×—磨

56. A 乌 ×—莺

57. B 南 ×—西

58. A 琴 ×—瑟

59. A 班 ×—斑　　C 东 ×—西

60. B 花 ×—红

61. B 长 ×—短

62. A 四 ×—六

63. A 履 ×—屐

64. A 鹜 ×—鹭

65. A 秋 ×—春

66. A 高 ×—西

67. B 断 ×—极

68. A 别离 ×—离别

69. C 断 ×—尽

70. A 秋 ×—春

71. C 渡 ×—度

72. B 禁 ×—尽

73. B 箭 ×—剑

74. B 脍 ×—鲙

75. B 夜半 ×—半夜

76. A 尝 ×—长

77. A 进 ×—尽

78. B 君 ×—婿

79. B 寄 ×—传

80. A 笛 ×—管

81. A 东 ×—春

82. C 归 ×—回

83. A 何 ×—无

84. A 时 ×—释

85. B 情 ×—青

86. B 消 ×—销

87. A 进 ×—尽

88. A 青 ×—晴

89. B 雾 ×—雨

90. B 明 ×—他

91. A 寞 ×—寥

92. B 篷 ×—蓬

93. A 繁 ×—烦

94. B 牛 ×—羊

95. A 苍 ×—沧

96. B 老 ×—病

97. C 苍 ×—沧

98. A 皆 ×—尽

99. A 头 ×—眸

100. B 忧 ×—幽

101. B 都 ×—逗

102. B 志 ×—思

103. B 识 ×—事

104. B 河 ×—海

105. B 天 ×—谪

106. C 明 ×—孤

107. A 知 ×—听

108. C 又 ×—更

109. A 折 ×—低

110. B 闲 ×—新

111. B 暮 ×—晓

112. A 弯 ×—雕

113. A 携 ×—执

114. A 红 ×—花

115. B 阵 ×—字

116. C 兴 ×—言

117. A 山 ×—壑

118. C 轻 ×—晴

119. B 貌 ×—面

120. B 剑 ×—鉴

121. B 一 ×—疑

122. B 壶 ×—杯

123. B 度 ×—渡

124. A 润 ×—湿

125. B 似 ×—曾

126. B 瞧 ×—敲

127. A 睢 ×—睢

128. B 惯 ×—贯

129. C 齐 ×—其

130. C 协 ×—偕

131. B 呦呦 ×—悠悠

132. A 叹 ×—太

133. C 擅 ×—善

134. B 来 ×—徕

135. C 尤 ×—犹

136. A 成 ×—诚

137. A 生 ×—思

138. A 曦 ×—晞

139. B 眷 ×—捐

140. A 盛 ×—生

141. C 齐 ×—起

142. B 累累 ×—磊磊

143. C 默默 ×—脉脉

144. C 耸 ×—竦

145. B 脯 ×—哺

146. C 飒 ×—散

147. A 身 ×—神

148. C 常 ×—长

149. A 终 ×—中

150. C 用 ×—游

151. C 震 ×—振

152. B 留 ×—流

153. C 辩 ×—辨

154. C 赋 ×—复

155. C 亦 ×—已

156. C 河 ×—阿

157. B 村 ×—春

158. B 复 ×—覆

159. C 固 ×—孤

160. C 怀 ×—坏

161. B 渡 ×—度

162. B 苦 ×—酸

163. A 底 ×—前

164. B 恨 ×—根

165. A 近 ×—尽

166. B 饮 ×—隐

167. B 涯 ×—崖

168. C 虚 ×—沽

169. A 甚 ×—盛

170. A 荡 ×—扬

171. A 骄 ×—娇

172. A 墙 ×—樯

173. A 慢 ×—漫

174. B 脉 ×—派

175. B 遂 ×—邃

176. B 步 ×—部

177. C 常 ×—长

178. B 叫 ×—教

179. A 升 ×—生

180. B 源 ×—缘

181. B 奕 ×—弈

182. B 谜 ×—迷

183. C 消 ×—销

184. C 园 ×—辕

185. C 青 ×—清

第四部分　诗词接龙

（明）陈裸《画王维诗意图》

1. 兰叶春葳蕤，_____。
A 烟水秋平岸　　　　B 桂华秋皎洁　　　　C 不觉秋强半

2. 草木有本心，_____。
A 何求美人折　　　　B 恨无知音赏　　　　C 山鸟自呼名

3. 我醉君复乐，_____。
A 陶然共忘机　　　　B 无能愧此生　　　　C 长歌怀采薇

4. 举杯邀明月，_____。
A 陶然共忘机　　　　B 更值夜萤飞　　　　C 对影成三人

5. 我歌月徘徊，_____。
A 我饮不须劝　　　　B 我土日已广　　　　C 我舞影零乱

6. 会当凌绝顶，_____。
A 万事不关心　　　　B 一览众山小　　　　C 岁月不待人

7. 今夕复何夕，_____。
A 共此灯烛光　　　　B 相见语依依　　　　C 怅然吟式微

8. 绝代有佳人，_____。
A 遗世而独立　　　　B 幽居在空谷　　　　C 容华若桃李

9. 何当载酒来，_____。

A 高兴复留人　　　B 共醉重阳节　　　C 独坐一园春

10. 长风几万里，_____。

A 望断玉门关　　　B 如在玉门关　　　C 吹度玉门关

11. 谁言寸草心，_____。

A 以奉百年身　　　B 报得三春晖　　　C 各在青山崖

12. 念天地之悠悠，_____。

A 吾泫然而泣下　　　B 吾蓦然而泪下　　　C 独怆然而涕下

13. 山随平野尽，_____。

A 江入大荒流　　　B 月涌大江流　　　C 濯足万里流

14. 星垂平野阔，_____。

A 江入大荒流　　　B 凭轩涕泗流　　　C 月涌大江流

15. 天涯地角有穷时，_____。

A 此恨绵绵无绝期　　　B 只有相思无尽处　　　C 天涯何处无芳草

16. 天长地久有时尽，_____。

A 只有相思无尽处　　　B 此情无计可消除　　　C 此恨绵绵无绝期

17. 抽刀断水水更流，＿＿＿＿＿＿＿＿＿。
   A 把酒遣愁愁已去　　　B 举杯销愁愁更愁　　　C 月如无恨月长圆

18. 后宫佳丽三千人，＿＿＿＿＿＿＿＿＿。
   A 三千宠爱在一身　　　B 圣主朝朝暮暮情　　　C 不及卢家有莫愁

19. 别有幽愁暗恨生，＿＿＿＿＿＿＿＿＿。
   A 此时无声胜有声　　　B 斜风细雨不须归　　　C 野渡无人舟自横

20. 古来圣贤皆寂寞，＿＿＿＿＿＿＿＿＿。
   A 惟有饮者留其名　　　B 惟有歌者留其名　　　C 惟有王者留其名

21. 海上生明月，＿＿＿＿＿＿＿＿＿。
   A 天涯若比邻　　　B 天涯共此时　　　C 一脉贯天涯

22. 红颜弃轩冕，＿＿＿＿＿＿＿＿＿。
   A 临风听暮蝉　　　B 山月照弹琴　　　C 白首卧松云

23. 月下飞天镜，＿＿＿＿＿＿＿＿＿。
   A 山深闻鹧鸪　　　B 云生结海楼　　　C 花前恨风急

24. 昔闻洞庭水，＿＿＿＿＿＿＿＿＿。
   A 今上岳阳楼　　　B 今古几流转　　　C 今我何人哉

25. 随意春芳歇，＿＿＿＿＿＿＿＿＿。
A 王孙归不归　　B 王孙自可留　　C 王孙带笑看

26. 襄阳好风日，＿＿＿＿＿＿＿＿＿。
A 恨无知音赏　　B 留醉与山翁　　C 远随流水香

27. 坐观垂钓者，＿＿＿＿＿＿＿＿＿。
A 徒有羡鱼情　　B 怅然吟式微　　C 万事不关心

28. 潮平两岸阔，＿＿＿＿＿＿＿＿＿。
A 月照一孤舟　　B 更上一层楼　　C 风正一帆悬

29. 黄鹤一去不复返，＿＿＿＿＿＿＿＿＿。
A 凤去台空江自流　　B 白云千载空悠悠　　C 空留风韵照人清

30. 唯将终夜长开眼，＿＿＿＿＿＿＿＿＿。
A 微躯此外更何求　　B 犹恐春阴咽管弦　　C 报答平生未展眉

31. 君自故乡来，＿＿＿＿＿＿＿＿＿。
A 仍怜故乡水　　B 月是故乡明　　C 应知故乡事

32. 千山鸟飞绝，＿＿＿＿＿＿＿＿＿。
A 万径人踪灭　　B 万马一时来　　C 万里送行舟

33. 近乡情更怯，_____。
A 王孙自可留　　　B 惆怅远行客　　　C 不敢问来人

34. 停船暂借问，_____。
A 或恐是同乡　　　B 能饮一杯无　　　C 王孙归不归

35. 多情却似总无情，_____。
A 唯觉樽前梦不成　　　B 唯觉樽前觉不成　　　C 唯觉樽前笑不成

36. 羌笛何须怨《杨柳》，_____。
A 唯思生入玉门关　　　B 春风不度玉门关　　　C 孤城遥望玉门关

37. 绿杨芳草长亭路，_____。
A 多情却被无情恼　　　B 应折柔条过千尺　　　C 年少抛人容易去

38. 执手相看泪眼，_____。
A 别时茫茫江浸月　　　B 竟无语凝噎　　　C 杨柳岸晓风残月

39. 至今商女，时时犹唱，_____。
A 《后庭》遗曲　　　B 后庭花曲　　　C 后庭古曲

40. 枉望断天涯，_____。
A 厌厌两风月　　　B 风月两厌厌　　　C 两厌厌风月

41. 梅子黄时日日晴，_____。
A 青草池塘处处蛙　　　B 长夏江村事事幽　　　C 小溪泛尽却山行

42. 儿童急走追黄蝶，_____。
A 飞入菜花无处寻　　　B 黄蝶双双入菜花　　　C 稚子敲针作钓钩

43. 低徊顾影无颜色，_____。
A 常得君王带笑看　　　B 尚得君王不自持　　　C 此时只有泪沾衣

44. 恸哭六军俱缟素，_____。
A 东望都门信马归　　　B 冲冠一怒为红颜　　　C 一抔净土掩风流

45. 人生自古谁无死，_____。
A 要留清白在人间　　　B 十年血碧未成灰　　　C 留取丹心照汗青

46. 池塘生春草，_____。
A 园柳变鸣禽　　　B 墟里上孤烟　　　C 青萝拂行衣

47. 种豆南山下，_____。
A 草盛豆苗稀　　　B 带月荷锄归　　　C 山月随人归

48. 孔雀东南飞，_____。
A 九里一徘徊　　　B 五里一徘徊　　　C 十里一徘徊

49. 千磨万击还坚劲，_____。
A 烈火焚烧若等闲　　　B 任尔东西南北风　　　C 不辞辛苦出山林

50. 问世间情为何物，_____。
A 只教生死相许　　　B 只叫生死相许　　　C 直教生死相许

51. 青山依旧在，_____。
A 夕阳几度红　　　B 几度夕阳红　　　C 几度斜阳红

52. 不要人夸好颜色，_____。
A 只留正气满乾坤　　　B 只留生气满乾坤　　　C 只留清气满乾坤

53. 相思相见知何日，_____。
A 此时此夜情难尽　　　B 此会此情都未半　　　C 此时此夜难为情

54. 取次花丛懒回顾，_____。
A 半缘修道半缘君　　　B 半倚君意半倚风　　　C 半卷湘帘半掩门

55. 春心莫共花争发，_____。
A 一蓑烟雨任平生　　　B 一寸相思一寸灰　　　C 一别音容两渺茫

56. 明月出天山，_____。
A 苍茫云海间　　　B 清辉照衣裳　　　C 回首烟云横

57. 郎骑竹马来，_____。
A 相见语依依　　　B 绕床弄青梅　　　C 迎风户半开

58. 玉容寂寞泪阑干，_____。
A 夜吟应觉月光寒　　　B 江州司马青衫湿　　　C 梨花一枝春带雨

59. 同是天涯沦落人，_____。
A 相逢何必曾相识　　　B 凭君传语报平安　　　C 客心何事转凄然

60. 海内存知己，_____。
A 何必五湖中　　　B 天涯若比邻　　　C 提剑出燕京

61. 山光悦鸟性，_____。
A 潭影空人心　　　B 莲动下渔舟　　　C 灯下草虫鸣

62. 浮云游子意，_____。
A 茅斋付秋草　　　B 风雪夜归人　　　C 落日故人情

63. 烽火连三月，_____。
A 家书抵万金　　　B 寄书长不达　　　C 鼓角动江城

64. 遥怜小儿女，_____。
A 未解忆长安　　　B 脉脉不得语　　　C 父子若为情

65. 鸿雁几时到，_____。
A 征人尽望乡　　　B 行止自成行　　　C 江湖秋水多

66. 戎马关山北，_____。
A 归雁入胡天　　　B 铁骑绕龙城　　　C 凭轩涕泗流

67. 竹喧归浣女，_____。
A 日暮掩柴扉　　　B 莲动下渔舟　　　C 空翠湿人衣

68. 江流天地外，_____。
A 山色有无中　　　B 只在此山中　　　C 飞雨落花中

69. 行到水穷处，_____。
A 人在翠壶间　　　B 天地一沙鸥　　　C 坐看云起时

70. 人事有代谢，_____。
A 一日难再晨　　　B 往来成古今　　　C 及时当勉励

71. 不才明主弃，_____。
A 多病故人疏　　　B 老病有孤舟　　　C 卧病人事绝

72. 待到重阳日，_____。
A 把酒话桑麻　　　B 还来就菊花　　　C 能饮一杯无

73. 亲朋无一字，_____。
A 贫病有孤舟　　B 老病有孤舟　　C 多病有孤舟

74. 三顾频烦天下计，_____。
A 万古云霄一羽毛　　B 一体君王祭祀同　　C 两朝开济老臣心

75. 垂杨紫陌洛城东。总是当时携手处，_____。
A 且共从容　　B 知与谁同　　C 游遍芳丛

76. 一年春事都来几？早过了，_____。
A 四之三　　B 三之二　　C 五之三

77. 有美人兮，见之不忘。一日不见兮，_____。
A 思之如狂　　B 思之如潮　　C 如隔三秋

78. 明月楼高休独倚。酒入愁肠，_____。
A 化作相思雨　　B 化作相思泪　　C 化作相思结

79. 会挽雕弓如满月，西北望，_____。
A 射天狼　　B 看孙郎　　C 人断肠

80. 欲说又休，虑乖芳信，未歌先噎，_____。
A 最断人肠　　B 欲笑还颦　　C 愁近清觞

81. 莫等闲、白了少年头，＿＿＿＿＿＿＿＿＿。
A 伤悲却　　　B 空悲切　　　C 伤离别

82. 试问闲愁都几许。＿＿＿＿＿＿＿＿＿。
A 一川风絮，满城烟草。梅子黄时雨　　　B 一川烟草，满城风絮。梅子黄时雨
C 满城风絮，一川烟草。梅子黄时雨

83. 闲登小阁看新晴。古今多少事，＿＿＿＿＿＿＿＿＿。
A 渔唱起三更　　　B 都付笑谈中　　　C 卷易在床头

84. 十年生死两茫茫。＿＿＿＿＿＿＿＿＿。
A 细思量，自难忘　　　B 费思量，自不忘　　　C 不思量，自难忘

85. 今宵酒醒何处，＿＿＿＿＿＿＿＿＿。
A 杨柳岸、晓风残月　　　B 杨柳岸、春风秋月　　　C 杨柳岸、吟风弄月

86. 飘飘何所似，＿＿＿＿＿＿＿＿＿。
A 纷纷开且落　　　B 天地一沙鸥　　　C 肠断江城雁

87. 水落鱼梁浅，＿＿＿＿＿＿＿＿＿。
A 天寒梦泽深　　　B 清泉石上流　　　C 上善贮情深

88. 野火烧不尽，＿＿＿＿＿＿＿＿＿。
A 江春入旧年　　　B 只有香如故　　　C 春风吹又生

89. 花径不曾缘客扫，_____。
A 兰舟初动曲池平　　　B 沙鸥颇有闲功课　　　C 蓬门今始为君开

90. 白日放歌须纵酒，_____。
A 微躯此外更何求　　　B 但觉新来懒上楼　　　C 青春作伴好还乡

91. 万里悲秋常作客，_____。
A 燕然未勒归无计　　　B 百年多病独登台　　　C 浪淘风簸自天涯

92. 人世几回伤往事，_____。
A 对此如何不泪垂　　　B 山形依旧枕寒流　　　C 桃花依旧笑春风

93. 沧海月明珠有泪，_____。
A 蓝田日暖玉生烟　　　B 桃花流水鳜鱼肥　　　C 除却巫山不是云

94. 身无彩凤双飞翼，_____。
A 心有灵犀一点通　　　B 为有源头活水来　　　C 别有幽愁暗恨生

95. 神女生涯原是梦，_____。
A 推枕黄粱犹未熟　　　B 小姑居处本无郎　　　C 醒时已暮赏花归

96. 直道相思了无益，_____。
A 落花风雨更伤春　　　B 不如怜取眼前人　　　C 未妨惆怅是清狂

97. 苦恨年年压金线，_____。

A 长夏江村事事幽　　　B 河曲干旌岁岁忙　　　C 为他人作嫁衣裳

98. 空山不见人，_____。

A 唯闻钟磬音　　　B 山月照弹琴　　　C 但闻人语响

99. 愿君多采撷，_____。

A 此物最相思　　　B 恨无知音赏　　　C 留醉与山翁

100. 春眠不觉晓，_____。

A 青青河畔草　　　B 处处闻啼鸟　　　C 风紧雁行高

101. 功盖三分国，_____。

A 名成《八阵图》　　　B 月照一孤舟　　　C 颠狂遍九州

102. 江流石不转，_____。

A 寂寥无所欢　　　B 羽翼自摧藏　　　C 遗恨失吞吴

103. 白头宫女在，_____。

A 旧人看新历　　　B 闲坐说玄宗　　　C 粉泪不成珠

104. 绿蚁新醅酒，_____。

A 能饮一杯无　　　B 杯尽壶自倾　　　C 红泥小火炉

105. 夕阳无限好，_____。

A 只是近黄昏　　　B 天气晚来秋　　　C 江上倚危楼

106. 只在此山中，_____。

A 陶然共忘机　　　B 云深不知处　　　C 离思满蘅皋

107. 打起黄莺儿，_____。

A 莫教枝上啼　　　B 时鸣春涧中　　　C 雨细清明后

108. 至今窥牧马，_____。

A 不敢过江东　　　B 不敢叹风尘　　　C 不敢过临洮

109. 欲将轻骑逐，_____。

A 暗与伏兵期　　　B 大雪满弓刀　　　C 疑兵尚解鞍

110. 早知潮有信，_____。

A 江上待潮观　　　B 风雨看潮生　　　C 嫁与弄潮儿

111. 葡萄美酒夜光杯，_____。

A 洒去犹能化碧涛　　　B 欲饮琵琶马上催　　　C 月光长照金樽里

112. 两岸猿声啼不住，_____。

A 轻舟已过万重山　　　B 孤帆一片日边来　　　C 一江烟水照晴岚

113. 两岸青山相对出，_____。
A 孤帆一片日边来　　　B 一片冰心在玉壶　　　C 波浪交涉亦难为

114. 马上相逢无纸笔，_____。
A 风多尘起重萧条　　　B 强向杯中觅旧春　　　C 凭君传语报平安

115. 不知何处吹芦管，_____。
A 门泊东吴万里船　　　B 一夜征人尽望乡　　　C 天边鸿雁又南翔

116. 朱雀桥边野草花，_____。
A 遍绕篱边日渐斜　　　B 乌衣巷口夕阳斜　　　C 应须美酒送生涯

117. 旧时王谢堂前燕，_____。
A 飞入寻常百姓家　　　B 轻烟散入五侯家　　　C 不知转入此中来

118. 向晚意不适，_____。
A 断肠人在天涯　　　B 白了少年头　　　C 驱车登古原

119. 东风不与周郎便，_____。
A 铜雀春深锁二乔　　　B 一片冰心在玉壶　　　C 西出阳关无故人

120. 烟笼寒水月笼沙，_____。
A 想花心比见花深　　　B 夜泊秦淮近酒家　　　C 六朝如梦鸟空啼

121. 青山隐隐水迢迢，_____。
A 玉人何处教吹箫　　　B 游人只合江南老　　　C 秋尽江南草木凋

122. 二十四桥明月夜，_____。
A 但见群鸥日日来　　　B 斜晖脉脉水悠悠　　　C 玉人何处教吹箫

123. 十年一觉扬州梦，_____。
A 赢得青楼薄幸名　　　B 暂凭杯酒长精神　　　C 多少楼台烟雨中

124. 天阶夜色凉如水，_____。
A 翡翠寒侵谁与共　　　B 除却巫山不是云　　　C 卧看牵牛织女星

125. 春风十里扬州路，_____。
A 卷上珠帘总不如　　　B 赢得青楼薄幸名　　　C 算而今、重到须惊

126. 嫦娥应悔偷灵药，_____。
A 碧海青天夜夜心　　　B 缘何不使永团圆　　　C 梦魂消散醉空闺

127. 可怜无定河边骨，_____。
A 空戴南冠学楚囚　　　B 魂魄不曾来入梦　　　C 犹是春闺梦里人

128. 渭城朝雨浥轻尘，_____。
A 远游无处不消魂　　　B 客舍青青柳色新　　　C 青楼日晚歌钟起

129. 云想衣裳花想容，_____。
A 麝熏微度绣芙蓉　　　B 春风拂槛露华浓　　　C 云雨巫山枉断肠

130. 无可奈何花落去，_____。
A 小园香径独徘徊　　　B 不如怜取眼前人　　　C 似曾相识燕归来

131. 泪眼问花花不语，_____。
A 乱红飞过秋千去　　　B 山长水阔知何处　　　C 人间没个安排处

132. 离愁渐远渐无穷，_____。
A 几回魂梦与君同　　　B 杜鹃声里斜阳暮　　　C 迢迢不断如春水

133. 雨横风狂三月暮。门掩黄昏，_____。
A 无计留春住　　　B 帘幕无重数　　　C 天气初肃

134. 日日花前常病酒，_____。
A 不辞镜里朱颜瘦　　　B 为伊消得人憔悴　　　C 慊慊思归恋故乡

135. 渐行渐远渐无书，_____。
A 迢迢不断如春水　　　B 花谢花飞花满天　　　C 水阔鱼沉何处问

136. 多情自古伤离别。_____。
A 杨柳岸、晓风残月　　　B 此恨不关风与月　　　C 更那堪、冷落清秋节

137. 念去去、千里烟波，＿＿＿＿＿＿＿＿。
A 只有相思无尽处　　　B 暮霭沉沉楚天阔　　　C 天若有情天亦老

138. 衣带渐宽终不悔，＿＿＿＿＿＿＿＿。
A 为伊消得人憔悴　　　B 入骨相思知不知　　　C 此时此夜难为情

139. 六朝旧事随流水，＿＿＿＿＿＿＿＿。
A 伤怀岂止为蛾眉　　　B 一片伤心画不成　　　C 但寒烟、芳草凝绿

140. 梦后楼台高锁，＿＿＿＿＿＿＿＿。
A 天涯踏尽红尘　　　B 酒醒帘幕低垂　　　C 秋来分外澄清

141. 当时明月在，＿＿＿＿＿＿＿＿。
A 曾照彩云归　　　B 垂泪对宫娥　　　C 江上数峰青

142. 舞低杨柳楼心月，＿＿＿＿＿＿＿＿。
A 为谁风露立中宵　　　B 歌尽桃花扇底风　　　C 罢如江海凝清光

143. 今宵剩把银釭照，＿＿＿＿＿＿＿＿。
A 不觉泪下沾衣裳　　　B 只恐难酬烈士心　　　C 犹恐相逢是梦中

144. 梦随风万里，寻郎去处，＿＿＿＿＿＿＿＿。
A 望断故园心眼　　　B 脉脉此情谁诉　　　C 又还被、莺呼起

145. 拣尽寒枝不肯栖，_____。
A 鸳鸯楼上望天狼   B 寂寞沙洲冷   C 水随天去秋无际

146. 小舟从此逝，_____。
A 都付笑谈中   B 语罢暮天钟   C 江海寄余生

147. 长恨此身非我有，_____。
A 何时忘却营营   B 心悦君兮君不知   C 醉也无人管

148. 回首向来萧瑟处。归去。_____。
A 参差烟树五湖东   B 也无风雨也无晴   C 梅子黄时日日晴

149. 料得年年肠断处，_____。
A 想念我、最关情   B 明月夜，短松冈   C 歌一阕，泪千行

150. 竹杖芒鞋轻胜马。谁怕。_____。
A 斜风细雨不须归   B 牧童遥指杏花村   C 一蓑烟雨任平生

151. 伤情处，高城望断，_____。
A 知我相思苦   B 始知相忆深   C 灯火已黄昏

152. 自在飞花轻似梦，_____。
A 望湖楼下水如天   B 无边丝雨细如愁   C 春来江水绿如蓝

153. 黛蛾长敛，_____。

A 任是春风吹不展　　B 有泪无言对晚春　　C 世事年来千万变

154. 困倚危楼，_____。

A 未满三朝已食牛　　B 过尽飞鸿字字愁　　C 浓春烟景似残秋

155. 只愿君心似我心，_____。

A 定不负相思意　　B 白头不相离　　C 君愁我亦愁

156. 长亭路、年去岁来，_____。

A 何人不起故园情　　B 霜叶红于二月花　　C 应折柔条过千尺

157. 三十功名尘与土，_____。

A 五千仞岳上摩天　　B 漂泊西南天地间　　C 八千里路云和月

158. 惜春长怕花开早，_____。

A 何况落红无数　　B 一寸相思一寸灰　　C 芳心是事可可

159. 千金纵买相如赋，_____。

A 恨不相逢未嫁时　　B 脉脉此情谁诉　　C 斜倚熏笼坐到明

160. 蛾儿雪柳黄金缕，_____。

A 彩笔新题断肠句　　B 一年春事都来几　　C 笑语盈盈暗香去

161. 众里寻他千百度，蓦然回首，_____。
A 那人却在，烟柳断肠处　　　B 那人却在，灯火阑珊处　　　C 那人却在，河桥送人处

162. 郁孤台下清江水，_____。
A 中间多少行人泪　　　B 塞上风云接地阴　　　C 六朝如梦鸟空啼

163. 莫道不销魂，帘卷西风，_____。
A 人比红花瘦　　　B 人比菊花瘦　　　C 人比黄花瘦

164. 江东子弟多才俊，_____。
A 卷土重来未可知　　　B 且插梅花醉洛阳　　　C 蓬门今始为君开

165. 黄四娘家花满蹊，_____。
A 千朵万朵压枝低　　　B 篱落疏疏一径深　　　C 短笛无腔信口吹

166. 莫笑农家腊酒浑，_____。
A 微躯此外更何求　　　B 丰年留客足鸡豚　　　C 衣冠简朴古风存

167. 遗民泪尽胡尘里，_____。
A 南望王师又一年　　　B 肯将衰朽惜残年　　　C 不拟回头望故乡

168. 可怜身上衣正单，_____。
A 斜风细雨不须归　　　B 将登太行雪满山　　　C 心忧炭贱愿天寒

169. 我劝天公重抖擞，_____。
A 肯使神州竟陆沉　　　B 不拘一格降人才　　　C 救时应仗出群才

170.《出师》一表真名世，_____。
A 长使英雄泪满襟　　　B 魂魄毅兮为鬼雄　　　C 千载谁堪伯仲间

171. 桃李春风一杯酒，_____。
A 赌书消得泼茶香　　　B 玉碗盛来琥珀光　　　C 江湖夜雨十年灯

172. 素衣莫起风尘叹，_____。
A 细雨骑驴入剑门　　　B 犹及清明可到家　　　C 明月何时照我还

173. 小楼一夜听春雨，_____。
A 深巷明朝卖杏花　　　B 明朝散发弄扁舟　　　C 丛菊两开他日泪

174. 云霞出海曙，_____。
A 明月天门秋　　　B 梅柳渡江春　　　C 日暮掩柴扉

175. _____，几度夕阳红。
A 青山依旧在　　　B 只是朱颜改　　　C 今日水犹寒

176. 春色满园关不住，_____。
A 一枝红杏出墙来　　　B 春江水暖鸭先知　　　C 一树梨花压海棠

177. 问君能有几多愁，_____。
A 举杯消愁愁更愁　　　B 一寸还成千万缕　　　C 恰似一江春水向东流

178. 日啖荔枝三百颗，_____。
A 不辞长作岭南人　　　B 此心安处是吾乡　　　C 西楼无客共谁尝

179. 仰天大笑出门去，_____。
A 无人知是荔枝来　　　B 青春作伴好还乡　　　C 我辈岂是蓬蒿人

180. 夜来风雨声，_____。
A 玉漏莫相催　　　B 花落知多少　　　C 明年知有谁

181. 盈盈一水间，_____。
A 脉脉不得语　　　B 山山唯落晖　　　C 轻轻云粉妆

182. 久在樊笼里，_____。
A 守拙归园田　　　B 复得返自然　　　C 暂与园田疏

183. 少壮不努力，_____。
A 死亦为鬼雄　　　B 一朝得成功　　　C 老大徒伤悲

184. _____，蓝田日暖玉生烟。
A 沧海月明珠有泪　　　B 珠箔飘灯独自归　　　C 只是当时已惘然

185. 尔来四万八千岁，_____。

A 朝如青丝暮成雪　　　B 不与秦塞通人烟　　　C 一日须饮三百杯

186. 人生得意须尽欢，_____。

A 何须生入玉门关　　　B 莫使金樽空对月　　　C 长安市上酒家眠

187. 天生我材必有用，_____。

A 我辈岂是蓬蒿人　　　B 岂因祸福避趋之　　　C 千金散尽还复来

188. 无边落木萧萧下，_____。

A 不尽长江滚滚来　　　B 渺渺江如寸寸心　　　C 物是人非事事休

189. 三顾频烦天下计，_____。

A 一片伤心画不成　　　B 收取关山五十州　　　C 两朝开济老臣心

190. 出师未捷身先死，_____。

A 家祭无忘告乃翁　　　B 但悲不见九州同　　　C 长使英雄泪满襟

191. 雕阑玉砌应犹在，_____。

A 夜长人奈何　　　B 只是朱颜改　　　C 留待舞人归

192. 今宵酒醒何处，_____。

A 飞帆过、浙西封城　　　B 杨柳岸、晓风残月　　　C 但寒烟、衰草凝绿

193. 大江东去，浪淘尽、＿＿＿＿＿＿＿＿。
A 尽入渔樵闲话　　B 唯有蓑翁坐钓鱼　　C 千古风流人物

194. 两情若是久长时，＿＿＿＿＿＿＿＿。
A 又岂在、朝朝暮暮　　B 定不负相思意　　C 直教生死相许

195. 寻寻觅觅，冷冷清清，＿＿＿＿＿＿＿＿。
A 停停当当人人　　B 事事风风韵韵　　C 凄凄惨惨戚戚

196. 二十四桥仍在，＿＿＿＿＿＿＿＿。
A 波心荡、冷月无声　　B 烟霄远、旧事悠悠　　C 江天暮、飞絮悠悠

197. 小山重叠金明灭，＿＿＿＿＿＿＿＿。
A 鬓云欲度香腮雪　　B 倩魂犹恋桃花月　　C 今宵好向郎边去

198. 流水落花春去也，＿＿＿＿＿＿＿＿。
A 不到江南　　B 天上人间　　C 莫卷帘看

199. 独自莫凭栏，无限江山。＿＿＿＿＿＿＿＿。
A 山远天高烟水寒　　B 竹声新月似当年　　C 别时容易见时难

200. 十年生死两茫茫。＿＿＿＿＿＿＿＿。
A 不思量，自难忘　　B 一向年光有限身　　C 再回首是百年身

201. 此情无计可消除，_____。

A 杯且从容，歌且从容　　B 马上黄昏，楼上黄昏　　　C 才下眉头，却上心头

202. 花自飘零水自流，_____。

A 一种相思，两处闲愁　　B 鸟自无言花自羞　　C 睡又不成梦又休

203. 不知细叶谁裁出，_____。

A 载将离恨过江南　　B 一面新妆待晓风　　C 二月春风似剪刀

204. 少小离家老大回，_____。

A 尘满面、鬓如霜　　B 乡音无改鬓毛衰　　C 不独明朝为子推

205. 欲穷千里目，_____。

A 王孙归不归　　B 更上一层楼　　C 陶然共忘机

206. 春眠不觉晓，_____。

A 离离原上草　　B 花落知多少　　C 处处闻啼鸟

207. 秦时明月汉时关，_____。

A 万里长征人未还　　B 壮士一去兮不复还　　C 不破楼兰终不还

208. 洛阳亲友如相问，_____。

A 一片冰心在玉壶　　B 遍插茱萸少一人　　C 乡音无改鬓毛衰

209. 故人西辞黄鹤楼，_____。

A 劝君更尽一杯酒　　　B 烟花三月下扬州　　　C 计程今日到梁州

210. 飞流直下三千尺，_____。

A 硃崖转石万壑雷　　　B 十丈以下全为烟　　　C 疑是银河落九天

211. 桃花潭水深千尺，_____。

A 不及卢家有莫愁　　　B 不及汪伦送我情　　　C 不及林间自在啼

212. 朝辞白帝彩云间，_____。

A 千里江陵一日还　　　B 暮云收尽溢清寒　　　C 碧水东流至此回

213. 浮云游子意，_____。

A 万里未归人　　　B 落日故人情　　　C 寒烟赋《黍离》

214. 射人先射马，_____。

A 挽弓当挽强　　　B 用箭当用长　　　C 擒贼先擒王

215. 国破山河在，_____。

A 老作北朝臣　　　B 零落依草木　　　C 城春草木深

216. 感时花溅泪，_____。

A 心事一杯中　　　B 乱世识忠良　　　C 恨别鸟惊心

217. 月落乌啼霜满天，_____。

A 江枫渔火对愁眠　　　　B 月明欲素愁不眠　　　　C 蓝田日暖玉生烟

218. 春城无处不飞花，_____。

A 绝胜烟柳满皇都　　　　B 二月初惊见草芽　　　　C 寒食东风御柳斜

219. 蓬头稚子学垂纶，_____。

A 怕得鱼惊不应人　　　　B 侧坐莓苔草映身　　　　C 收篙停棹坐船中

220. 春潮带雨晚来急，_____。

A 野渡无人舟自横　　　　B 斜风细雨不须归　　　　C 朦胧淡月云来去

221. 林暗草惊风，_____。

A 夜静春山空　　　B 将军夜引弓　　　C 四方楚歌声

222. 天街小雨润如酥，_____。

A 草色遥看近却无　　　　B 吹面不寒杨柳风　　　　C 路上行人欲断魂

223. 最是一年春好处，_____。

A 烟花三月下扬州　　　　B 总把新桃换旧符　　　　C 绝胜烟柳满皇都

224. 一道残阳铺水中，_____。

A 半江瑟瑟半江红　　　　B 山雨欲来风满楼　　　　C 道是无晴却有晴

225. 可怜九月初三夜，_____。

A 过尽飞鸿字字愁　　　B 云破月来花弄影　　　C 露似真珠月似弓

226. 锄禾日当午，_____。

A 草盛豆苗稀　　　B 汗滴禾下土　　　C 涧水向田分

227. 孤舟蓑笠翁，_____。

A 独钓寒江雪　　　B 不觉满衣雪　　　C 时闻折竹声

228. 只在此山中，_____。

A 独钓寒江雪　　　B 云深不知处　　　C 不敢问来人

229. 大漠沙如雪，_____。

A 长河落日圆　　　B 燕山月似钩　　　C 黄榆凉叶飞

230. 远上寒山石径斜，_____。

A 向阳花木易为春　　　B 白云生处有人家　　　C 山寺桃花始盛开

231. 停车坐爱枫林晚，_____。

A 满天明月按凉州　　　B 梦也何曾到谢桥　　　C 霜叶红于二月花

232. 清明时节雨纷纷，_____。

A 半夜三更鬼叫门　　　B 野田荒冢只生愁　　　C 路上行人欲断魂

233. 君问归期未有期，_____。

A 巴山夜雨涨秋池　　　B 悔教夫婿觅封侯　　　C 行人更在春山外

234. 何当共剪西窗烛，_____。

A 隔篱呼取尽余杯　　　B 只缘身在此山中　　　C 却话巴山夜雨时

235. 江上往来人，_____。

A 两桨桥头渡　　　B 云从窗里出　　　C 但爱鲈鱼美

236. 春风又绿江南岸，_____。

A 一日看尽长安花　　　B 明月何时照我还　　　C 无边光景一时新

237. 遥知不是雪，_____。

A 为有暗香来　　　B 容易莫摧残　　　C 故逐上春来

238. 黑云翻墨未遮山，_____。

A 甲光向日金鳞开　　　B 白雨跳珠乱入船　　　C 东关酸风射眸子

239. 不识庐山真面目，_____。

A 只缘身在此山中　　　B 道是无晴却有晴　　　C 只近浮名不近情

240. 水光潋滟晴方好，_____。

A 垂柳阑干尽日风　　　B 风清月白偏宜夜　　　C 山色空蒙雨亦奇

241. 欲把西湖比西子，_____。
A 浓抹淡妆临镜台　　　B 淡妆浓抹总相宜　　　C 玉梅花下遇昭君

242. 绿阴不减来时路，_____。
A 添得黄鹂四五声　　　B 野渡无人舟自横　　　C 一蓑烟雨任平生

243. 生当作人杰，_____。
A 死别已吞声　　　B 死节岂顾勋　　　C 死亦为鬼雄

244. 至今思项羽，_____。
A 读罢泪沾襟　　　B 烜赫耀英材　　　C 不肯过江东

245. 小荷才露尖尖角，_____。
A 轧轧兰桡入白蘋　　　B 早有蜻蜓立上头　　　C 也能遮却美人腰

246. 接天莲叶无穷碧，_____。
A 镜水无风也自波　　　B 映日荷花别样红　　　C 闻歌始觉有人来

247. 王师北定中原日，_____。
A 家祭无忘告乃翁　　　B 岂有逆胡传子孙　　　C 初闻涕泪满衣裳

248. 等闲识得东风面，_____。
A 万紫千红总是春　　　B 深闭朱门伴舞腰　　　C 春日偏能惹恨长

249. 山外青山楼外楼，_____。

A 西湖歌舞几时休　　　B 不及卢家有莫愁　　　C 钱塘风月西湖柳

250. 暖风熏得游人醉，_____。

A 隔江犹唱《后庭花》　　B 直把杭州作汴州　　　C 杏花时节在江南

251. 惶恐滩头说惶恐，_____。

A 凤凰台上凤凰游　　　B 零丁洋里叹零丁　　　C 蜀江水碧蜀山青

252. 山河破碎风飘絮，_____。

A 身世浮沉雨打萍　　　B 朔云边月满西山　　　C 天荒地老一身轻

253. 人生自古谁无死，_____。

A 头白鸳鸯失伴飞　　　B 天阴雨湿声啾啾　　　C 留取丹心照汗青

254. 采菊东篱下，_____。

A 悠然见南山　　　B 邀月过南浦　　　C 吹梦到西洲

255. 东临碣石，_____。

A 洪波涌起　　　B 山岛竦峙　　　C 以观沧海

256. 乱花渐欲迷人眼，_____。

A 风回云断雨初晴　　　B 两山排闼送青来　　　C 浅草才能没马蹄

257. 最爱湖东行不足，＿＿＿＿＿＿＿＿。
A 落花时节又逢君　　　B 绿杨阴里白沙堤　　　C 望湖楼下水如天

258. 我寄愁心与明月，＿＿＿＿＿＿＿＿。
A 随风直到夜郎西　　　B 斜光到晓穿朱户　　　C 今宵好向郎边去

259. 常记溪亭日暮。＿＿＿＿＿＿＿＿。
A 浓睡不消残酒　　　B 满砌落花红冷　　　C 沉醉不知归路

260. 问渠那得清如许，＿＿＿＿＿＿＿＿。
A 为有源头活水来　　　B 无边光景一时新　　　C 早有蜻蜓立上头

261. 峨眉山月半轮秋，＿＿＿＿＿＿＿＿。
A 影入平羌江水流　　　B 风吹西到长安陌　　　C 照尽天涯到陇头

262. 江山代有才人出，＿＿＿＿＿＿＿＿。
A 一代新人换旧人　　　B 各领风骚数百年　　　C 借他只手回澜

263. 吏呼一何怒，＿＿＿＿＿＿＿＿。
A 胡马一何骄　　　B 妇啼一何苦　　　C 离别一何久

264. 晨兴理荒秽，＿＿＿＿＿＿＿＿。
A 带月荷锄归　　　B 一去三十年　　　C 零落同草莽

265. 大漠孤烟直，_____。
A 露气澄晚清　　B 遥峰曙日微　　C 长河落日圆

266. 相顾无相识，_____。
A 长歌怀采薇　　B 何必骨肉亲　　C 何事入罗帏

267. 晴空一鹤排云上，_____。
A 五云高艳拥朝天　　B 便引诗情到碧霄　　C 白云红叶两悠悠

268. 自古逢秋悲寂寥，_____。
A 我言秋日胜春朝　　B 卷我屋上三重茅　　C 洛阳才子他乡老

269. 夜阑卧听风吹雨，_____。
A 惊破秋窗秋梦绿　　B 铁马冰河入梦来　　C 一缕鸿毛天地中

270. 明月几时有，_____。
A 流光正徘徊　　B 明月长在心　　C 把酒问青天

271. 但愿人长久，_____。
A 天涯共此时　　B 清光何处无　　C 千里共婵娟

272. 长风破浪会有时，_____。
A 对此可以酣高楼　　B 直挂云帆济沧海　　C 海动山倾古月摧

273. 安得广厦千万间，＿＿＿＿＿＿＿＿。
A 大庇天下寒士俱欢颜　　　B 小窗容膝正相当　　　C 层楼又见凌空阔

274. 忽如一夜春风来，＿＿＿＿＿＿＿＿。
A 吹取青云道路平　　　B 拂人头面稍怜轻　　　C 千树万树梨花开

275. 剪不断，理还乱，是离愁。＿＿＿＿＿＿＿＿。
A 自是人生长恨水长东　　　B 试倩悲风吹泪、过扬州　　　C 别是一番滋味在心头

276. 为报倾城随太守，＿＿＿＿＿＿＿＿。
A 莫匆匆。满金钟　　　B 亲射虎，看孙郎　　　C 强追游。梦魂羞

277. 物是人非事事休。＿＿＿＿＿＿＿＿。
A 欲语泪先流　　　B 且莫管闲愁　　　C 无奈晚来寒

278. 只恐双溪舴艋舟。＿＿＿＿＿＿＿＿。
A 载不动、许多愁　　　B 流不尽、许多愁　　　C 人不似、汝逍遥

279. 醉里挑灯看剑，＿＿＿＿＿＿＿＿。
A 沈腰潘鬓消磨　　　B 梦回吹角连营　　　C 徵诗古富篇章

280. 了却君王天下事，＿＿＿＿＿＿＿＿。
A 赢得生前身后名　　　B 月破黄昏人断肠　　　C 参差烟树五湖东

281. 零落成泥碾作尘，_____。
A 春风不放过江来　　　B 只有香如故　　　C 不与梨花同梦

282. 天下英雄谁敌手。曹刘。_____。
A 半纸功名百战身　　　B 四海无人角两雄　　　C 生子当如孙仲谋

283. 蒹葭苍苍，_____。
A 白露为霜　　　B 佼人僚兮　　　C 幽幽南山

284. 关关雎鸠，_____。
A 灼灼其华　　　B 悠悠我心　　　C 在河之洲

285. 黑云压城城欲摧，_____。
A 云楼半开壁斜白　　　B 白雨跳珠乱入船　　　C 甲光向日金鳞开

286. 西当太白有鸟道，_____。
A 东望都门信马归　　　B 可以横绝峨眉巅　　　C 忽复乘舟梦日边

287. 丛菊两开他日泪，_____。
A 嬛嬛一袅楚宫腰　　　B 孤舟一系故园心　　　C 黄鹤一去不复返

288. 浔阳江头夜送客，_____。
A 流尽年光是此声　　　B 思君不见下渝州　　　C 枫叶荻花秋瑟瑟

289. 银瓶乍破水浆迸，_____。
A 铁骑突出刀枪鸣　　　B 遣怀翻自忆从头　　　C 石破天惊逗秋雨

290. 东船西舫悄无言，_____。
A 唯见长江天际流　　　B 唯见江心秋月白　　　C 唯见苍山起烟雾

291. 锦瑟无端五十弦，_____。
A 一弦一柱思华年　　　B 似诉平生不得志　　　C 岂容华发待流年

292. 如何四纪为天子，_____。
A 冲冠一怒为红颜　　　B 不及卢家有莫愁　　　C 景阳宫井又何人

293. 在天愿作比翼鸟，_____。
A 在地愿为连理枝　　　B 比翼连枝当日愿　　　C 定不负相思意

294. 我欲因之梦吴越，_____。
A 范蠡长游水自波　　　B 君逢圣主游丹阙　　　C 一夜飞度镜湖月

295. 二十四桥仍在，_____。
A 颇有杜书记否　　　B 波心荡、冷月无声　　　C 寻思只有消魂

296. 聒碎乡心梦不成，_____。
A 故园无此声　　　B 萧萧班马鸣　　　C 夜深千帐灯

297. 人生若只如初见，_____。
A 何事秋风悲画扇　　　B 梦里关山路不知　　　C 江南春色寄来迟

298. 十二门前融冷光，_____。
A 二十三丝动紫皇　　　B 露脚斜飞湿寒兔　　　C 石破天惊逗秋雨

299. 战士军前半死生，_____。
A 美人帐下犹歌舞　　　B 将军兼领霍嫖姚　　　C 不破楼兰终不还

300. 落红不是无情物，_____。
A 残菊犹有傲霜枝　　　B 弄晴小雨霏霏　　　C 化作春泥更护花

答案

1. B 桂华秋皎洁

2. A 何求美人折

3. A 陶然共忘机

4. C 对影成三人

5. C 我舞影零乱

6. B 一览众山小

7. A 共此灯烛光

8. B 幽居在空谷

9. B 共醉重阳节

10. C 吹度玉门关

11. B 报得三春晖

12. C 独怆然而涕下

13. A 江入大荒流

14. C 月涌大江流

15. B 只有相思无尽处

16. C 此恨绵绵无绝期

17. B 举杯销愁愁更愁

18. A 三千宠爱在一身

19. A 此时无声胜有声

20. A 惟有饮者留其名

21. B 天涯共此时

22. C 白首卧松云

23. B 云生结海楼

24. A 今上岳阳楼

25. B 王孙自可留

26. B 留醉与山翁

27. A 徒有羡鱼情

28. C 风正一帆悬

29. B 白云千载空悠悠

30. C 报答平生未展眉

31. C 应知故乡事

32. A 万径人踪灭

33. C 不敢问来人

34. A 或恐是同乡

35. C 唯觉樽前笑不成

36. B 春风不度玉门关

37. C 年少抛人容易去

38. B 竟无语凝噎

39. A 《后庭》遗曲

40. C 两厌厌风月

41. C 小溪泛尽却山行

42. A 飞入菜花无处寻

43. B 尚得君王不自持

44. B 冲冠一怒为红颜

45. C 留取丹心照汗青

46. A 园柳变鸣禽

47. A 草盛豆苗稀

48. B 五里一徘徊

49. B 任尔东西南北风

50. C 直教生死相许

51. B 几度夕阳红

52. C 只留清气满乾坤

53. C 此时此夜难为情

54. A 半缘修道半缘君

55. B 一寸相思一寸灰

56. A 苍茫云海间

57. B 绕床弄青梅

58. C 梨花一枝春带雨

59. A 相逢何必曾相识

60. B 天涯若比邻

61. A 潭影空人心

62. C 落日故人情

63. A 家书抵万金

64. A 未解忆长安

65. C 江湖秋水多

66. C 凭轩涕泗流

67. B 莲动下渔舟

68. A 山色有无中

69. C 坐看云起时

70. B 往来成古今

71. A 多病故人疏

72. B 还来就菊花

73. B 老病有孤舟

74. C 两朝开济老臣心

75. C 游遍芳丛

76. B 三之二

77. A 思之如狂

78. B 化作相思泪

79. A 射天狼

80. C 愁近清觞

81. B 空悲切

82. B 一川烟草，满城风絮。梅子黄时雨

83. A 渔唱起三更

84. C 不思量，自难忘

85. A 杨柳岸、晓风残月

86. B 天地一沙鸥

87. A 天寒梦泽深

88. C 春风吹又生

89. C 蓬门今始为君开

90. C 青春作伴好还乡

91. B 百年多病独登台

92. B 山形依旧枕寒流

93. A 蓝田日暖玉生烟

94. A 心有灵犀一点通

95. B 小姑居处本无郎

96. C 未妨惆怅是清狂

97. C 为他人作嫁衣裳

98. C 但闻人语响

99. A 此物最相思

100. B 处处闻啼鸟

101. A 名成《八阵图》

102. C 遗恨失吞吴

103. B 闲坐说玄宗

104. C 红泥小火炉

105. A 只是近黄昏

106. B 云深不知处

107. A 莫教枝上啼

108. C 不敢过临洮

109. B 大雪满弓刀

110. C 嫁与弄潮儿

111. B 欲饮琵琶马上催

112. A 轻舟已过万重山

113. A 孤帆一片日边来

114. C 凭君传语报平安

115. B 一夜征人尽望乡

116. B 乌衣巷口夕阳斜

117. A 飞入寻常百姓家

118. C 驱车登古原

119. A 铜雀春深锁二乔

120. B 夜泊秦淮近酒家

121. C 秋尽江南草木凋

122. C 玉人何处教吹箫

123. A 赢得青楼薄幸名

124. C 卧看牵牛织女星

125. A 卷上珠帘总不如

126. A 碧海青天夜夜心

127. C 犹是春闺梦里人

128. B 客舍青青柳色新

129. B 春风拂槛露华浓

130. C 似曾相识燕归来

131. A 乱红飞过秋千去

132. C 迢迢不断如春水

133. A 无计留春住

134. A 不辞镜里朱颜瘦

135. C 水阔鱼沉何处问

136. C 更那堪、冷落清秋节

137. B 暮霭沉沉楚天阔

138. A 为伊消得人憔悴

139. C 但寒烟、芳草凝绿

140. B 酒醒帘幕低垂

141. A 曾照彩云归

142. B 歌尽桃花扇底风

143. C 犹恐相逢是梦中

144. C 又还被、莺呼起

145. B 寂寞沙洲冷

146. C 江海寄余生

147. A 何时忘却营营

148. B 也无风雨也无晴

149. B 明月夜，短松冈

150. C 一蓑烟雨任平生

151. C 灯火已黄昏

152. B 无边丝雨细如愁

153. A 任是春风吹不展

154. B 过尽飞鸿字字愁

155. A 定不负相思意

156. C 应折柔条过千尺

157. C 八千里路云和月

158. A 何况落红无数

159. B 脉脉此情谁诉

160. C 笑语盈盈暗香去

161. B 那人却在，灯火阑珊处

162. A 中间多少行人泪

163. C 人比黄花瘦

164. A 卷土重来未可知

165. A 千朵万朵压枝低

166. B 丰年留客足鸡豚

167. A 南望王师又一年

168. C 心忧炭贱愿天寒

169. B 不拘一格降人才

170. C 千载谁堪伯仲间

171. C 江湖夜雨十年灯

172. B 犹及清明可到家

173. A 深巷明朝卖杏花

174. B 梅柳渡江春

175. A 青山依旧在

176. A 一枝红杏出墙来

177. C 恰似一江春水向东流

178. A 不辞长作岭南人

179. C 我辈岂是蓬蒿人

180. B 花落知多少

181. A 脉脉不得语

182. B 复得返自然

183. C 老大徒伤悲

184. A 沧海月明珠有泪

185. B 不与秦塞通人烟

186. B 莫使金樽空对月

187. C 千金散尽还复来

188. A 不尽长江滚滚来

189. C 两朝开济老臣心

190. C 长使英雄泪满襟

191. B 只是朱颜改

192. B 杨柳岸、晓风残月

193. C 千古风流人物

194. A 又岂在、朝朝暮暮

195. C 凄凄惨惨戚戚

196. A 波心荡、冷月无声

197. A 鬓云欲度香腮雪

198. B 天上人间

199. C 别时容易见时难

200. A 不思量，自难忘

201. C 才下眉头，却上心头

202. A 一种相思，两处闲愁

203. C 二月春风似剪刀

204. B 乡音无改鬓毛衰

205. B 更上一层楼

206. C 处处闻啼鸟

207. A 万里长征人未还

208. A 一片冰心在玉壶

209. B 烟花三月下扬州

210. C 疑是银河落九天

211. B 不及汪伦送我情

212. A 千里江陵一日还

213. B 落日故人情

214. C 擒贼先擒王

215. C 城春草木深

216. C 恨别鸟惊心

217. A 江枫渔火对愁眠

218. C 寒食东风御柳斜

219. B 侧坐莓苔草映身

220. A 野渡无人舟自横

221. B 将军夜引弓

222. A 草色遥看近却无

223. C 绝胜烟柳满皇都

224. A 半江瑟瑟半江红

225. C 露似真珠月似弓

226. B 汗滴禾下土

227. A 独钓寒江雪

228. B 云深不知处

229. B 燕山月似钩

230. B 白云生处有人家

231. C 霜叶红于二月花

232. C 路上行人欲断魂

233. A 巴山夜雨涨秋池

234. C 却话巴山夜雨时

235. C 但爱鲈鱼美

236. B 明月何时照我还

237. A 为有暗香来

238. B 白雨跳珠乱入船

239. A 只缘身在此山中

240. C 山色空蒙雨亦奇

241. B 淡妆浓抹总相宜

242. A 添得黄鹂四五声

243. C 死亦为鬼雄

244. C 不肯过江东

245. B 早有蜻蜓立上头

246. B 映日荷花别样红

247. A 家祭无忘告乃翁

248. A 万紫千红总是春

249. A 西湖歌舞几时休

250. B 直把杭州作汴州

251. B 零丁洋里叹零丁

252. A 身世浮沉雨打萍

253. C 留取丹心照汗青

254. A 悠然见南山

255. C 以观沧海

256. C 浅草才能没马蹄

257. B 绿杨阴里白沙堤

258. A 随风直到夜郎西

259. C 沉醉不知归路

260. A 为有源头活水来

261. A 影入平羌江水流

262. B 各领风骚数百年

263. B 妇啼一何苦

264. A 带月荷锄归

265. C 长河落日圆

266. A 长歌怀采薇

267. B 便引诗情到碧霄

268. A 我言秋日胜春朝

269. B 铁马冰河入梦来

270. C 把酒问青天

271. C 千里共婵娟

272. B 直挂云帆济沧海

273. A 大庇天下寒士俱欢颜

274. C 千树万树梨花开

275. C 别是一番滋味在心头

276. B 亲射虎，看孙郎

277. A 欲语泪先流

278. A 载不动、许多愁

279. B 梦回吹角连营

280. A 赢得生前身后名

281. B 只有香如故

282. C 生子当如孙仲谋

283. A 白露为霜

284. C 在河之洲

285. C 甲光向日金鳞开

286. B 可以横绝峨眉巅

287. B 孤舟一系故园心

288. C 枫叶荻花秋瑟瑟

289. A 铁骑突出刀枪鸣

290. B 唯见江心秋月白

291. A 一弦一柱思华年

292. B 不及卢家有莫愁

293. A 在地愿为连理枝

294. C 一夜飞度镜湖月

295. B 波心荡、冷月无声

296. A 故园无此声

297. A 何事秋风悲画扇

298. A 二十三丝动紫皇

299. A 美人帐下犹歌舞

300. C 化作春泥更护花

第五部分　诗词填空

剑川道上犀峰峻拔春天下临绝壁
深不可测予度鹞归碥磴级峻嶒
踌跚拉州城之在山之半草之市
崖巅可休复兴之人语则愎於不
就即晓惟有啸哦而已沟乎荒
微风景之迥异写弟山川之泷目也

黄向坚芹溪

（清）黄向坚《剑门图》

1. 关关雎鸠，在河之洲。窈窕淑女，君子好（　　）。

2. 桃之夭夭，（　　）（　　）其华。之子于归，宜其室家。

3. 南有乔木，不可休思。汉有（　　）女，不可求思。

4. 嘒彼小星，三五在（　　）。

5. 死生契阔，与子成（　　）。执子之手，与子偕老。

6. 投我以木瓜，报之以琼琚。（　　）报也，永以为好也！

7. 彼狡童兮，不与我言兮。维子之故，使我不能（　　）兮。

8. 青青子衿，悠悠我心。纵我不往，子宁不嗣（　　）？

9. 坎坎伐檀兮，置之河之干兮。河水清且涟（　　）。

10. 硕鼠硕鼠，无食我（　　）。三岁贯女，莫我肯顾。

11. 君家何处住，妾住在横（　　）。停船暂借问，或恐是同乡。

12. 月出惊山鸟，时鸣（　　）涧中。

13. 来日绮窗前，寒梅著花（　　）？

14. 愿君多采（　　），此物最相思。

15. 白发三千丈，（　　）愁似个长。

16. 相看两不厌，只有（　　）亭山。

17. 少小离家老大回，乡音无改鬓毛（　）。

18. 遥知兄弟登高处，遍插茱（　）少一人。

19. 劝君（　）尽一杯酒，西出阳关无故人。

20. 平林漠漠烟如织，寒山一带伤心（　）。

21. 此夜曲中闻（　）柳，何人不起故园情。

22. 明月出天山，苍茫云海间。长风几万里，吹度（　）（　）关。

23. 相看两不厌，只有（　）（　）山。

24. 孤帆远影碧空（　），唯见长江天际流。

25. 两岸（　）（　）相对出，孤帆一片日边来。

26. 弃我去者昨日之日不可留，（　）我心者今日之日多烦忧。

27. 小时不识月，呼作白玉盘。又疑（　）（　）镜，飞在白云端。

28. 我寄愁心与明月，随风直到（　）（　）西。

29. 安能摧眉折腰（　）权贵，使我不得开心颜。

30. 蜀僧抱绿绮，西下峨眉峰。为我一挥手，如听万（　）松。

31. 两岸猿声啼不住，轻舟已过万（　）山。

32. 兰陵美酒郁金香，玉碗盛来（　）（　）光。

33. 月落乌啼霜满天，江枫（　）火对愁眠。

34. 春潮带雨晚来（　），野渡无人舟自横。

35. 遥望洞庭山水（　），白银盘里一青螺。

36. 杨柳青青江水平，闻郎江上（　）歌声。

37. 黑云翻墨未（　）山，白雨跳珠乱入船。

38. 卷地风来忽吹散，望湖楼下水如（　）。

39. 水光潋滟（　）方好，山色空蒙雨亦奇。

40. （　）（　）满地芦芽短，正是河豚欲上时。

41. 但得众生皆得饱，不辞（　）病卧残阳。

42. 毕竟西湖六月中，风光不与（　）（　）同。

43. 日长睡起无情思，闲看儿童捉（　）（　）。

44. 暖风熏得游人醉，直把杭州作（　）州。

45. 有约不来过夜半，闲敲棋子（　）灯花。

46. 应怜（　）齿印苍苔，小扣柴扉久不开。

47. 开到（　）（　）花事了，丝丝天棘出莓墙。

48. 不要人夸颜色好，只留（　）（　）满乾坤。

49. 碎骨粉身全不怕，要留（　）（　）在人间。

50. 开轩面场圃，把酒话（　）（　）。

51. 潮平两岸（　），风正一帆悬。

52. 大漠孤烟直，长河落日（　）。

53. 遥知兄弟登高处，遍插（　）（　）少一人。

54. 独坐幽篁里，弹琴复长（　）。

55. 浮云游子意，落日（　）人情。

56. 挥手自兹去，萧萧（　）马鸣。

57. 晴川历历（　）（　）树，芳草萋萋鹦鹉洲。

58. 人生自古谁无死，留取丹心照（　）（　）。

59. 种豆南山下，草盛豆苗（　）。

60. 谁言寸草心，报得三春（　）。

61. 天苍苍，野茫茫，风吹草（　）见牛羊。

62. 春江潮水连海平，海上明月共（　）生。

63. 滟滟随（　）千万里，何处春江无月明。

64. （　）风破浪会有时，直挂云帆济沧海。

65. 忽如一夜春风来，千树万树（　）花开。

66. 烟销日出不见人，（　）（　）一声山水绿。

67. 春色三分，二分尘土，一分流水。细看来，不是（　）（　）点点，是离人泪。

68. 遥想公瑾当年，小乔初嫁了，雄姿英发。羽扇（　）（　），谈笑间，樯橹灰飞烟灭。

69. 小舟从此逝，（　）（　）寄余生。

70. 竹杖芒鞋轻胜马。（　）（　）。一蓑烟雨任平生。

71. 自在飞花轻似梦，无边丝雨细如愁。宝帘闲挂小（　）（　）。

72. 十年生死两茫茫。不（　）（　）。自难忘。千里孤坟，无处话凄凉。

73. 常记溪亭日暮。沉醉不知归路。兴尽晚回舟，误入（　）（　）深处。

74. 绣面芙蓉一笑开。斜飞（　）（　）衬香腮。

75. 知否，知否，应是绿（　）红（　）。

76. 见客入来，（　）（　）金钗溜。和羞走。倚门回首。却把青梅嗅。

77. 怕郎猜道，（　）（　）不如花面好。云鬓斜簪，徒要教郎比并看。

78. 红藕香残（　）（　）秋，轻解罗裳，独上兰舟。

79. 此情无计可消除，才下（　）（　），却上心头。

80. 三十功名（ ）与（ ），八千里路云和月。莫等闲、白了少年头，空悲切。

81. 斜阳草树，寻常巷陌，人道（ ）（ ）曾住。想当年，金戈铁马，气吞万里如虎。

82. 众里寻他千百度。蓦然回首，那人却在，灯火（ ）（ ）处。

83. 恰同学少年，风华正茂；书生意气，挥斥方（ ）。

84. 烟雨莽苍苍，（ ）（ ）锁大江。

85. 人生易老天难老，岁岁重阳。今又重阳，战地（ ）花分外香。

86. 唤起工农千百万，同心干，（ ）（ ）山下红旗乱。

87. 踏遍青山人未（ ），风景这边独好。

88. 山，翻江倒海卷巨澜。奔腾急，万马战犹（ ）。

89. 西风烈，长空雁叫霜晨月。霜晨月，马蹄声碎，喇叭声（ ）。

90. 五岭逶迤腾细浪，（ ）（ ）磅礴走泥丸。

91. 天高云淡，望（ ）南飞雁。不到长城非好汉，屈指行程二万。

92. 江山如此多娇，引无数英雄竞（ ）腰。

93. 宜将剩勇追穷（ ），不可沽名学霸王。

94. 牢骚太盛防肠断，风物（ ）宜放眼量。

95. 才饮长沙水，又食（ ）（ ）鱼。万里长江横渡，极目楚天舒。

96. 我失骄杨君失柳，杨柳轻（ ）直上重霄九。

97. 坐地日行（ ）万里，巡天遥看一千河。

98. 红雨随心翻作（ ），青山着意化为桥。

99. 风雨送春归，飞雪迎春到。已是悬崖百丈冰，犹有花枝（ ）。

100. 纤笔一枝谁与似？三千（ ）（ ）精兵。阵图开向陇山东，昨天文小姐，今日武将军。

101. 兔从狗（ ）入，雉从梁上飞。

102. 努力爱（ ）华，莫忘欢乐时。

103. 生当复（ ）（ ），死当长相思。

104. 山无（ ），江水为（ ），冬雷震震夏雨雪，天地合，乃敢与君（ ）。

105. 阳春二三月，草与水同色。攀条摘香花，言是（ ）气息。

106. 上言加餐饭，下言长相（ ）。

107. 东市买（ ）（ ），西市买（ ）（ ）。

108. 君当作（ ）（ ），妾当作（ ）（ ）。

109. 胡马依北风，越鸟（ ）南枝。

110. （　）（　）一水间，脉脉不得语。

111. 青青陵上柏，磊磊（　）中石。

112. 同心而离居，（　）伤以终老。

113. 庭中有奇树，绿叶发华（　）。

114. 天街小雨润如（　），草色遥看近却无。最是一年春好处，绝胜烟柳满皇都。

115. （　）（　）撼大树，可笑不自量。

116. 欲为圣明除弊事，肯将衰（　）惜残年。

117. 知汝远来应有意，好收吾骨（　）江边。

118. 新年都未有（　）华，二月初惊见草芽。白雪却嫌春色晚，故穿庭树作飞花。

119. 草树知春不久归，百般红紫斗（　）（　）。

120. 城阙（　）三秦，风烟望五津。

121. 与君离别意，同是（　）游人。

122. 海内存知己，天涯（　）比邻。

123. 长江悲已（　），万里念将归。

124. 况属（　）风晚，山山黄叶飞。

125. 人生不相见，动如（　）与（　）。

126. 三顾频（　）天下计，两朝开济老臣心。

127. 云来气接巫峡长，月出（　）通雪山白。

128. 莫自使眼（　），收汝泪纵横。眼枯即见骨，天地终无情。

129. 冠盖满京华，斯人独（　）（　）。

130. 荡胸生层云，决（　）入归鸟。

131. 会当（　）绝顶，一览众山小。

132. 遥（　）小儿女，未解忆长安。

133. 感时花（　）泪，恨别鸟惊心。

134. 细草微风岸，危（　）独夜舟。

135. 安得广厦千万间，大（　）天下寒士俱欢颜，风雨不动安如山。

136. （　）从今夜白，月是故乡明。

137. 几处早莺争暖树，谁家新燕（　）春泥。

138. 来如春梦不多时，去似朝云无（　）处。

139. 田家少闲月，五月人倍忙。夜来南风起，小麦覆（　）黄。

140. 相知岂在多，但问同不同。同心一人去，坐觉长安（　）。

141. 天生丽质难自（　），一朝选在君王侧。

142. 同是天涯（　）落人，相逢何必曾相识。

143. （　）（　）原上草，一岁一枯荣。

144. 秋阴不散霜飞晚，留得（　）荷听雨声。

145. 我是梦中传彩笔，欲书花叶（　）朝云。

146. 春蚕到死丝方尽，蜡（　）成灰泪始干。

147. 蓬山此去无多路，青鸟（　）（　）为探看。

148. 桐花万里丹山路，（　）凤清于老凤声。

149. 庄生晓梦（　）蝴蝶，望帝春心托杜鹃。

150. 此情可待成追忆，只是当时已（　）然。

151. 君问归期未有期，巴山夜雨（　）秋池。何当共剪西窗烛，却话巴山夜雨时。

152. 今日东风自不胜，化作（　）光入西海。

153. 悠扬归梦惟灯见，（　）（　）生涯独酒知。

154. （　）（　）沉沙铁未销，自将磨洗认前朝。

155. 一骑红尘妃子笑，无人知是（　）（　）来。

156. 商女不知亡国恨，隔江犹唱《后（　）花》。

157. 尽日无人看微雨，（　）（　）相对浴红衣。

158. 欲把一（　）江海去，乐游原上望昭陵。

159. 停车坐爱枫林晚，（　）叶红于二月花。

160. 历阳前事知何实，高位纷纷见（　）人。

161. 新帖绣罗襦，双双金（　）（　）。

162. 鸡声（　）店月，人迹板桥霜。

163. （　）叶落山路，枳花明驿墙。

164. 过尽千帆皆不是，斜（　）脉脉水悠悠。

165. 尊前拟把归期说。未语（　）容先惨咽。人生自是有情痴，此恨不关风与月。

166. 群芳过后西湖好，狼藉残红，飞絮（　）（　），垂柳阑干尽日风。

167. 庭院深深深几许。杨柳堆烟，帘幕无重数。玉勒雕鞍游（　）处，楼高不见章台路。

168. 去年元夜时，花市灯如（　）。月到柳梢头，人约黄昏后。

169. 平（　）尽处是春山，行人更在春山外。

170. 百（　）千声随意移，山花红紫树高低。始知锁向金笼听，不及林间自在啼。

171. 把酒祝东风，且共从容。垂杨（　）（　）洛城东。

172. 僵卧孤村不自哀，尚思为国（　）轮台。夜（　）卧听风吹雨，铁马冰河入梦来。

173. 伤心桥下春波绿，曾是惊（　）照影来。

174. 楼船夜雪瓜洲（　），铁马秋风大散关。

175. 《出师》一表真名世，千载谁堪（　）（　）间。

176. 此身合是诗人未，细雨骑驴入（　）门。

177. 小楼一夜听春雨，深巷明朝卖（　）花。

178. 矮纸斜行闲作草，（　）窗细乳戏分茶。

179. 王师北定中原日，家（　）无忘告乃翁。

180. 当年万里觅封（　），匹马戍梁州。

181. 位卑未敢忘（　）国，事定犹须待阖棺。

182. 一（　）春水绕花身，花影妖饶各占春。纵被春风吹作雪，绝胜南陌碾成尘。

183. 金炉香尽漏声残，（　）（　）轻风阵阵寒。春色恼人眠不得，月移花影上栏杆。

184. 一水护田将绿绕，两山排（　）送青来。

185. 爆竹声中一岁除，春风送暖入屠苏。千门万户（　）（　）日，总把新桃换旧符。

186. 墙角数枝梅，凌寒独自开。遥知不是（　），为有暗香来。

187. 京口瓜洲一水间，钟山只隔数重山。春风又（　）江南岸，明月何时照我还。

188. 半亩方塘一鉴开，天光云影共徘徊。问渠那得清如许，为有源头（　）水来。

189. 胜日寻芳（　）水滨，无边光景一时新。等闲识得东风面，万紫千红总是春。

190. 枯（　）老树昏鸦，小桥流水人家。

191. 伤心秦汉，生民涂（　），读书人一声长叹。

192. 峰峦如聚，波涛如怒，山河表里潼关路。望西都，意（　）（　）。

193. 风前带是同心结，杯底人如（　）（　）花。

194. 似此星辰非昨夜，为谁风露立中（　）。

195. 恸哭六军俱（　）素，冲冠一怒为红颜。

196. 旧巢共是衔泥燕，飞上枝头变（　）（　）。

197. 力微任重久神疲，再（　）衰庸定不支。

198. 苟利国家生死以，岂因祸福避（　）之。

199. 最是人间留不住，（　）颜辞镜花辞树。

200. 百尺朱楼临大道。楼外轻雷，不间昏和晓。独倚阑干人（　）（　）。
闲中数尽行人小。

答案

1. 关关雎鸠，在河之洲。窈窕淑女，君子好（逑）。

2. 桃之夭夭，（灼）（灼）其华。之子于归，宜其室家。

3. 南有乔木，不可休思；汉有（游）女，不可求思。

4. 嘒彼小星，三五在（东）。

5. 死生契阔，与子成（说）。执子之手，与子偕老。

6. 投我以木瓜，报之以琼琚。（匪）报也，永以为好也！

7. 彼狡童兮，不与我言兮。维子之故，使我不能（餐）兮。

8. 青青子衿，悠悠我心。纵我不往，子宁不嗣（音）？

9. 坎坎伐檀兮，置之河之干兮。河水清且涟（猗）。

10. 硕鼠硕鼠，无食我（黍）。三岁贯女，莫我肯顾。

11. 君家何处住，妾住在横（塘）。停船暂借问，或恐是同乡。

12. 月出惊山鸟，时鸣（春）涧中。

13. 来日绮窗前，寒梅著花（未）？

14. 愿君多采（撷），此物最相思。

15. 白发三千丈，（缘）愁似个长。

16. 相看两不厌，只有（敬）亭山。

17. 少小离家老大回，乡音无改鬓毛（衰）。

18. 遥知兄弟登高处，遍插茱（萸）少一人。

19. 劝君（更）尽一杯酒，西出阳关无故人。

20. 平林漠漠烟如织，寒山一带伤心（碧）。

21. 此夜曲中闻（折）柳，何人不起故园情。

22. 明月出天山，苍茫云海间。长风几万里，吹度（玉）（门）关。

23. 相看两不厌，只有（敬）（亭）山。

24. 孤帆远影碧空（尽），唯见长江天际流。

25. 两岸（青）（山）相对出，孤帆一片日边来。

26. 弃我去者昨日之日不可留，（乱）我心者今日之日多烦忧。

27. 小时不识月，呼作白玉盘。又疑（瑶）（台）镜，飞在白云端。

28. 我寄愁心与明月，随风直到（夜）（郎）西。

29. 安能摧眉折腰（事）权贵，使我不得开心颜。

30. 蜀僧抱绿绮，西下峨眉峰。为我一挥手，如听万（壑）松。

31. 两岸猿声啼不住，轻舟已过万（重）山。

32. 兰陵美酒郁金香，玉碗盛来（琥）（珀）光。

33. 月落乌啼霜满天，江枫（渔）火对愁眠。

34. 春潮带雨晚来（急），野渡无人舟自横。

35. 遥望洞庭山水（翠），白银盘里一青螺。

36. 杨柳青青江水平，闻郎江上（唱）歌声。

37. 黑云翻墨未（遮）山，白雨跳珠乱入船。

38. 卷地风来忽吹散，望湖楼下水如（天）。

39. 水光潋滟（晴）方好，山色空蒙雨亦奇。

40. （蒌）（蒿）满地芦芽短，正是河豚欲上时。

41. 但得众生皆得饱，不辞（羸）病卧残阳。

42. 毕竟西湖六月中，风光不与（四）（时）同。

43. 日长睡起无情思，闲看儿童捉（柳）（花）。

44. 暖风熏得游人醉，直把杭州作（汴）州。

45. 有约不来过夜半，闲敲棋子（落）灯花。

46. 应怜（屐）齿印苍苔，小扣柴扉久不开。

47. 开到（荼）（蘼）花事了，丝丝天棘出莓墙。

48. 不要人夸颜色好，只留（清）（气）满乾坤。

49. 碎骨粉身全不怕，要留（清）（白）在人间。

50. 开轩面场圃，把酒话（桑）（麻）。

51. 潮平两岸（阔），风正一帆悬。

52. 大漠孤烟直，长河落日（圆）。

53. 遥知兄弟登高处，遍插（茱）（萸）少一人。

54. 独坐幽篁里，弹琴复长（啸）。

55. 浮云游子意，落日（故）人情。

56. 挥手自兹去，萧萧（班）马鸣。

57. 晴川历历（汉）（阳）树，芳草萋萋鹦鹉洲。

58. 人生自古谁无死，留取丹心照（汗）（青）。

59. 种豆南山下，草盛豆苗（稀）。

60. 谁言寸草心，报得三春（晖）。

61. 天苍苍，野茫茫，风吹草（低）见牛羊。

62. 春江潮水连海平，海上明月共（潮）生。

63. 滟滟随（波）千万里，何处春江无月明。

64. （长）风破浪会有时，直挂云帆济沧海。

65. 忽如一夜春风来，千树万树（梨）花开。

66. 烟销日出不见人，（欸）（乃）一声山水绿。

67. 春色三分，二分尘土，一分流水。细看来，不是（杨）（花）点点，是离人泪。

68. 遥想公瑾当年，小乔初嫁了，雄姿英发。羽扇（纶）（巾），谈笑间，樯橹灰飞烟灭。

69. 小舟从此逝，（江）（海）寄余生。

70. 竹杖芒鞋轻胜马。（谁）（怕）。一蓑烟雨任平生。

71. 自在飞花轻似梦，无边丝雨细如愁。宝帘闲挂小（银）（钩）。

72. 十年生死两茫茫。不（思）（量）。自难忘。千里孤坟，无处话凄凉。

73. 常记溪亭日暮。沉醉不知归路。兴尽晚回舟，误入（藕）（花）深处。

74. 绣面芙蓉一笑开。斜飞（宝）（鸭）衬香腮。

75. 知否，知否，应是绿（肥）红（瘦）。

76. 见客入来，（袜）（刬）金钗溜。和羞走。倚门回首。却把青梅嗅。

77. 怕郎猜道，（奴）（面）不如花面好。云鬓斜簪，徒要教郎比并看。

78. 红藕香残（玉）（簟）秋，轻解罗裳，独上兰舟。

79. 此情无计可消除，才下（眉）（头），却上心头。

80. 三十功名（尘）与（土），八千里路云和月。莫等闲、白了少年头，空悲切。

81. 斜阳草树，寻常巷陌，人道（寄）（奴）曾住。想当年，金戈铁马，气吞万里如虎。

82. 众里寻他千百度。蓦然回首，那人却在，灯火（阑）（珊）处。

83. 恰同学少年，风华正茂；书生意气，挥斥方（遒）。

84. 烟雨莽苍苍，（龟）（蛇）锁大江。

85. 人生易老天难老，岁岁重阳。今又重阳，战地（黄）花分外香。

86. 唤起工农千百万，同心干，（不）（周）山下红旗乱。

87. 踏遍青山人未（老），风景这边独好。

88. 山，翻江倒海卷巨澜。奔腾急，万马战犹（酣）。

89. 西风烈，长空雁叫霜晨月。霜晨月，马蹄声碎，喇叭声（咽）。

90. 五岭逶迤腾细浪，（乌）（蒙）磅礴走泥丸。

91. 天高云淡，望（断）南飞雁。不到长城非好汉，屈指行程二万。

92. 江山如此多娇，引无数英雄竞（折）腰。

93. 宜将剩勇追穷（寇），不可沽名学霸王。

94. 牢骚太盛防肠断，风物（长）宜放眼量。

95. 才饮长沙水，又食（武）（昌）鱼。万里长江横渡，极目楚天舒。

96. 我失骄杨君失柳，杨柳轻（飏）直上重霄九。

97. 坐地日行（八）万里，巡天遥看一千河。

98. 红雨随心翻作（浪），青山着意化为桥。

99. 风雨送春归，飞雪迎春到。已是悬崖百丈冰，犹有花枝（俏）。

100. 纤笔一枝谁与似？三千（毛）（瑟）精兵。阵图开向陇山东，昨天文小姐，今日武将军。

101. 兔从狗（窦）入，雉从梁上飞。

102. 努力爱（春）华，莫忘欢乐时。

103. 生当复（来）（归），死当长相思。

104. 山无（陵），江水为（竭），冬雷震震夏雨雪，天地合，乃敢与君（绝）。

105. 阳春二三月，草与水同色。攀条摘香花，言是（欢）气息。

106. 上言加餐饭，下言长相（忆）。

107. 东市买（骏）（马），西市买（鞍）（鞯）。

108. 君当作（磐）（石），妾当作（蒲）（苇）。

109. 胡马依北风，越鸟（巢）南枝。

110. （盈）（盈）一水间，脉脉不得语。

111. 青青陵上柏，磊磊（涧）中石。

112. 同心而离居，（忧）伤以终老。

113. 庭中有奇树，绿叶发华（滋）。

114. 天街小雨润如（酥），草色遥看近却无。最是一年春好处，绝胜烟柳满皇都。

115. （蚍）（蜉）撼大树，可笑不自量。

116. 欲为圣明除弊事，肯将衰（朽）惜残年。

117. 知汝远来应有意，好收吾骨（瘴）江边。

118. 新年都未有（芳）华，二月初惊见草芽。白雪却嫌春色晚，故穿庭树作飞花。

119. 草树知春不久归，百般红紫斗（芳）（菲）。

120. 城阙（辅）三秦，风烟望五津。

121. 与君离别意，同是（宦）游人。

122. 海内存知己，天涯（若）比邻。

123. 长江悲已（滞），万里念将归。

124. 况属（高）风晚，山山黄叶飞。

125. 人生不相见，动如（参）与（商）。

126. 三顾频（烦）天下计，两朝开济老臣心。

127. 云来气接巫峡长，月出（寒）通雪山白。

128. 莫自使眼（枯），收汝泪纵横。眼枯即见骨，天地终无情。

129. 冠盖满京华，斯人独（憔）（悴）。

130. 荡胸生层云，决（眦）入归鸟。

131. 会当（凌）绝顶，一览众山小。

132. 遥（怜）小儿女，未解忆长安。

133. 感时花（溅）泪，恨别鸟惊心。

134. 细草微风岸，危（樯）独夜舟。

135. 安得广厦千万间，大（庇）天下寒士俱欢颜，风雨不动安如山。

136. （露）从今夜白，月是故乡明。

137. 几处早莺争暖树，谁家新燕（啄）春泥。

138. 来如春梦不多时，去似朝云无（觅）处。

139. 田家少闲月，五月人倍忙。夜来南风起，小麦覆（陇）黄。

140. 相知岂在多，但问同不同。同心一人去，坐觉长安（空）。

141. 天生丽质难自（弃），一朝选在君王侧。

142. 同是天涯（沦）落人，相逢何必曾相识。

143. （离）（离）原上草，一岁一枯荣。

144. 秋阴不散霜飞晚，留得（枯）荷听雨声。

145. 我是梦中传彩笔，欲书花叶（寄）朝云。

146. 春蚕到死丝方尽，蜡（炬）成灰泪始干。

147. 蓬山此去无多路，青鸟（殷）（勤）为探看。

148. 桐花万里丹山路，（雏）凤清于老凤声。

149. 庄生晓梦（迷）蝴蝶，望帝春心托杜鹃。

150. 此情可待成追忆，只是当时已（惘）然。

151. 君问归期未有期，巴山夜雨（涨）秋池。何当共剪西窗烛，却话巴山夜雨时。

152. 今日东风自不胜，化作（幽）光入西海。

153. 悠扬归梦惟灯见，（濩）（落）生涯独酒知。

154. （折）（戟）沉沙铁未销，自将磨洗认前朝。

155. 一骑红尘妃子笑，无人知是（荔）（枝）来。

156. 商女不知亡国恨，隔江犹唱《后（庭）花》。

157. 尽日无人看微雨，（鸳）（鸯）相对浴红衣。

158. 欲把一（麾）江海去，乐游原上望昭陵。

159. 停车坐爱枫林晚，（霜）叶红于二月花。

160. 历阳前事知何实，高位纷纷见（陷）人。

161. 新帖绣罗襦，双双金（鹧）（鸪）。

162. 鸡声（茅）店月，人迹板桥霜。

163. （槲）叶落山路，枳花明驿墙。

164. 过尽千帆皆不是，斜（晖）脉脉水悠悠。

165. 尊前拟把归期说。未语（春）容先惨咽。人生自是有情痴，此恨不关风与月。

166. 群芳过后西湖好，狼藉残红，飞絮（濛）（濛），垂柳阑干尽日风。

167. 庭院深深深几许，杨柳堆烟，帘幕无重数。玉勒雕鞍游（冶）处，楼高不见章台路。

168. 去年元夜时，花市灯如（昼）。月到柳梢头，人约黄昏后。

169. 平（芜）尽处是春山，行人更在春山外。

170. 百（啭）千声随意移，山花红紫树高低。始知锁向金笼听，不及林间自在啼。

171. 把酒祝东风，且共从容。垂杨（紫）（陌）洛城东。

172. 僵卧孤村不自哀，尚思为国（戍）轮台。夜（阑）卧听风吹雨，铁马冰河入梦来。

173. 伤心桥下春波绿，曾是惊（鸿）照影来。

174. 楼船夜雪瓜洲（渡），铁马秋风大散关。

175. 《出师》一表真名世，千载谁堪（伯）（仲）间。

176. 此身合是诗人未，细雨骑驴入（剑）门。

177. 小楼一夜听春雨，深巷明朝卖（杏）花。

178. 矮纸斜行闲作草，（晴）窗细乳戏分茶。

179. 王师北定中原日，家（祭）无忘告乃翁。

180. 当年万里觅封（侯），匹马戍梁州。

181. 位卑未敢忘（忧）国，事定犹须待阖棺。

182. 一（陂）春水绕花身，花影妖饶各占春。纵被春风吹作雪，绝胜南陌碾成尘。

183. 金炉香尽漏声残，（剪）（剪）轻风阵阵寒。春色恼人眠不得，月移花影上栏杆。

184. 一水护田将绿绕，两山排（闼）送青来。

185. 爆竹声中一岁除，春风送暖入屠苏。千门万户（曈）（曈）日，总把新桃换旧符。

186. 墙角数枝梅，凌寒独自开。遥知不是（雪），为有暗香来。

187. 京口瓜洲一水间，钟山只隔数重山。春风又（绿）江南岸，明月何时照我还。

188. 半亩方塘一鉴开，天光云影共徘徊。问渠那得清如许，为有源头（活）水来。

189. 胜日寻芳（泗）水滨，无边光景一时新。等闲识得东风面，万紫千红总是春。

190. 枯（藤）老树昏鸦，小桥流水人家。

191. 伤心秦汉，生民涂（炭），读书人一声长叹。

192. 峰峦如聚，波涛如怒，山河表里潼关路。望西都，意（踌）（躇）。

193. 风前带是同心结，杯底人如（解）（语）花。

194. 似此星辰非昨夜，为谁风露立中（宵）。

195. 恸哭六军俱（缟）素，冲冠一怒为红颜。

196. 旧巢共是衔泥燕，飞上枝头变（凤）（凰）。

197. 力微任重久神疲，再（竭）衰庸定不支。

198. 苟利国家生死以，岂因祸福避（趋）之。

199. 最是人间留不住，（朱）颜辞镜花辞树。

200. 百尺朱楼临大道。楼外轻雷，不间昏和晓。独倚阑干人（窈）（窕）。
闲中数尽行人小。

第六部分　诗词理解

（清）王时敏《杜甫诗意图·松云绝壁》

1."坐观垂钓者，徒有羡鱼情"是孟浩然《望洞庭湖赠张丞相》的名句。请问诗中"张丞相"指的是？

A 张若虚　　B 张九龄　　C 张说

2. 杜甫名篇《赠卫八处士》中，有"夜雨翦春韭，新炊间黄粱"句。请问，"粱"是今天哪种主食？

A 玉米　　B 小麦　　C 小米

3. 下面三句诗中的"君王"二字，哪一句与其他两句中的"君王"不是同一个人？

A 试借君王玉马鞭　　　B 从此君王不早朝　　　C 长得君王带笑看

4."红烛自怜无好计，夜寒空替人垂泪"，是晏几道的名句。其中"替人垂泪"是化用了某位唐人的作品。请问化用的是？

A 李商隐《无题》　　　B 温庭筠《更漏子》　　　C 杜牧《赠别》

5."美芹"和"悲黍"都是忧国忧民、悲国家之颠覆的代名词。请问，写作《美芹十论》的人是谁？

A 王安石　　　B 辛弃疾　　　C 陆游

6. 下列名句，哪句的作者是男性诗人？

A 看朱成碧思纷纷，憔悴支离为忆君　　　B 长驱西入关，迴路险且阻　　　C 明月不谙离恨苦，斜光到晓穿朱户

7. 北宋著名诗人欧阳修被外放做官后，百姓攀车卧辙不想让他离开，于是他写下名句："我亦且如常日醉，莫教弦管作离声。"请问，他做官的地方在哪里？

A 颍州　　　B 滁州　　　C 扬州

8. 苏东坡《水龙吟》词，有"似花还似非花，也无人惜从教坠"句。请问"似花还似非花"指的是什么？

A 烟花　　　B 雪花　　　C 柳絮

9. 词牌《忆江南》本名叫《望江南》，但因一首末句为"能不忆江南"的词，使得《忆江南》之名流传天下。请问，"能不忆江南"这句词出自谁之手？

A 白居易　　　B 张志和　　　C 周邦彦

10. "兰陵美酒郁金香，玉碗盛来琥珀光"，是李白的千古名句。在战国时期，兰陵酒就是某大国生产酒的代称。请问，这个大国是？

A 齐国　　　B 楚国　　　C 赵国

11. "婵娟"往往在诗词中被指代为明月。最出名的是苏轼的"但愿人长久，千里共婵娟"。请问，下列哪句的"婵娟"指代的也是明月？

A 一带妆楼临水盖，家家分影照婵娟　　　B 婵娟一种如冰雪，依倚春风笑野棠
C 长空万里，见婵娟可爱，全无一点纤凝

12. 北宋词人周邦彦《风流子》（新绿小池塘）中写道，"羡金屋去来，旧时巢燕，土花缭绕，前度莓墙"。请问，"土花"是什么意思？

A 苔藓　　　B 小虫　　　C 一种植物

13. "呕心沥血"往往形容为做某件事费尽心思和精力。请问，这个成语与下列哪位诗人的故事有关？

A 贾岛　　B 陆游　　C 李贺

14. 古诗"三日入厨下，洗手作羹汤。未谙姑食性，先遣小姑尝"是唐代诗人王建所作，寥寥几笔就将主人公的心境描写得惟妙惟肖。请问，诗中的主人公是什么身份？

A 婢女　　B 厨娘　　C 新娘

15. 清代著名词人纳兰性德的《木兰花·拟古决绝词柬友》中，有"何如薄幸锦衣郎，比翼连枝当日愿"句。其中"锦衣郎"指代了一位帝王。请问，他是谁？

A 李后主　　B 唐玄宗　　C 唐太宗

16. 夸人因为博学而有气质，我们往往会说："腹有诗书气自华。"其实，"腹有诗书气自华"一句出自一首诗。请问，这首诗的作者是谁？

A 李白　　B 元稹　　C 苏轼

17. 唐代有一位非常有名的诗人，唐宣宗李忱听说他去世的消息，曾亲自写下"童子解吟《长恨》曲，胡儿能唱《琵琶》篇"深表悼念。请问，这位诗人是谁？

A 白居易　　B 李贺　　C 王维

18. "秦淮八艳"之一的柳如是原名柳隐，因喜欢宋词"我见青山多妩媚，料青山、见我应如是"句，便以"如是"为字。请问，这句词出自何人之手？

A 辛弃疾　　B 柳永　　C 李清照

19. 下列诗句中，哪一句描写的战乱与其他两句不同？
A 国破山河在，城春草木深　　B 欲将轻骑逐，大雪满弓刀　　C 剑外忽传收蓟北，初闻涕泪满衣裳

20. 下面三个词人中，谁的作品没有入选《宋词三百首》？
A 李煜　　B 李之仪　　C 李清照

21. 毛泽东《七律·人民解放军占领南京》有"天若有情天亦老，人间正道是沧桑"。请问，"天若有情天亦老"最早出自哪首古诗？
A 李商隐《锦瑟》　　B 李贺《金铜仙人辞汉歌》　　C 范成大《田园四时杂兴》

22. 宋代诗人张俞有名句"遍身绮罗者，不是养蚕人"，揭露了当时权贵者不劳而获的社会现状。请问，下面哪首诗也表达了同样的情感？
A 梅尧臣《陶者》　　B 杜甫《月夜》　　C 陶渊明《移居》

23. 北宋寇准《春日登楼怀归》有"野水无人渡，孤舟尽日横"句。请问，这是化用了哪位诗人的名句？
A 陶渊明　　B 皮日休　　C 韦应物

24. "妾乘油壁车，郎骑青骢马。何处结同心？西陵松柏下"，传说这首诗的作者，是南齐才女苏小小。唐代哪位诗人有感于她现实生活中的不幸，写下"无物结同心，烟花不堪剪"的诗句来凭吊她？
A 李贺　　B 杜牧　　C 李商隐

25. 被胡应麟在《诗薮》中誉为"古今七律之冠"的是下列哪位诗人的哪首七律？

A 崔颢《黄鹤楼》　　　B 杜甫《蜀相》　　　C 杜甫《登高》

26.《卷珠帘》是近年来"中国风"歌曲的代表作之一，其歌名"卷珠帘"曾在李白的一首诗中出现过。请问，是哪首诗呢？

A《秋风词》　　　B《子夜吴歌·秋歌》　　　C《怨情》

27. 很多人都知道，苏轼是一位美食家，但其实"家祭无忘告乃翁"的陆游，同样也是一位烹饪高手。在他的诗词中，咏吟烹饪的作品有上百首之多，其中一首写道："天上苏陀供，悬知未易同。"请问，这句诗描述的是什么美食？

A 甜羹　　　B 肉脯　　　C 面条

28. 辛弃疾《兰陵王》中"人道后来，其血三年化为碧"，说的是一位血液化为碧玉的历史人物。请问，他是谁？

A 苌弘　　　B 炎帝　　　C 比干

29.《三五七言》是古人的一种诗词类的文字游戏。这种游戏在题目中规定了诗歌形式。"秋风清，秋月明，落叶聚还散，寒鸦栖复惊。相思相见知何日，此时此夜难为情"，用凄婉动人的语言写出了秋日的缠绵相思。请问，这首作品出自谁的笔下？

A 李白　　　B 温庭筠　　　C 张先

30. "昨夜松边醉倒，问松我醉何如。只疑松动要来扶，以手推松曰去"。这首《西江月》，是一首充满生活情趣的宋词佳作，描写了词人醉后憨态，生动形象。请问，它的作者是谁？

A 苏轼　　　B 柳永　　　C 辛弃疾

31. 唐代许浑《谢亭送别》中有"劳歌一曲解行舟，红叶青山水急流"句。请问，诗中的"劳歌"指的是什么？

A 劳动号子　　　B 送别的歌曲　　　C 山间小调

32. 下列词句中，哪一句不是描写少女情怀的？

A 春日游，杏花吹满头　　　B 倚门回首，却把青梅嗅　　　C 闻说双溪春尚好，也拟泛轻舟

33. 宋词的词牌名大都很美，有很多是来源于前人的诗词作品。请问，下面句子中，哪一句没有包含词牌名？

A 只今惟有西江月，曾照吴王宫里人　　　B 宫女如花满春殿，只今惟有鹧鸪飞　　　C 美人赠我锦绣段，何以报之青玉案

34. 《宋词三百首》是清代人朱孝臧编选的作品集。请问，《宋词三百首》中没有收录以下哪一位的作品？

A 李煜　　　B 岳飞　　　C 僧挥

35. "苏公堤"是苏轼在杭州太守任上修筑的。苏轼也因为这一段经历，留下了很多写西湖的诗作。请问，下面哪一联诗所描绘的西湖不是出自苏轼笔下？

A 黑云翻墨未遮山，白雨跳珠乱入船　　　B 欲把西湖比西子，淡妆浓抹总相宜
C 未能抛得杭州去，一半勾留是此湖

36. 在我国的诗歌史上，历代文人留下了大量有关西湖的佳作。请问，"重湖叠巘清嘉。有三秋桂子，十里荷花"一句，出自谁笔下？

A 苏轼　　　B 柳永　　　C 周邦彦

37. 汉唐时代，每到荔枝成熟季节，农民就要摘选最鲜美的佳品，"飞骑"送往宫廷，献与帝王嫔妃们享用。苏轼有感于此，做《荔枝叹》一诗。然而在他之前，还有人写过一首在后世更为有名的作品，这首作品是？

A 白居易《暮江吟》　　　B 杜牧《过华清宫》　　　C 杜甫《自京赴奉先县咏怀五百字》

38. "人间蓬莱是孤山，有梅花处好凭栏"，诗中所写的孤山位于杭州，在孤山的东北坡有座放鹤亭，是为了纪念我国一位隐逸诗人而建立的。请问，这位诗人是？

A 王维　　　B 林逋　　　C 皮日休

39. 杜甫有名作《丹青引赠曹将军霸》，曹霸曾官居左武卫将军，但他还有另外一个著名的身份。请问是什么？

A 画家　　　B 游侠　　　C 乐师

40. 有一位著名的宋代词人，因其对音律、格律、平仄等方面近乎苛刻的自我要求，被我国著名学者王国维称为"词中老杜"。请问他是谁？

A 周邦彦　　　B 吴文英　　　C 姜夔

41. 重阳节是我国重要的传统节日，"登高赏菊"是重阳节的重要习俗。但是，唐朝有一位诗人却在诗中发出了"竹叶于人既无分，菊花从此不须开"的感慨，请问，这位诗人是谁？

A 韩愈　　　B 孟浩然　　　C 杜甫

42. 南宋词人吴文英被称为"词中李商隐"，他《八声甘州·陪庾幕诸公游灵岩》一词中写到"幻苍崖云树，名娃金屋，残霸宫城"，其中的"名娃"指的是谁？

A 大周后　　　B 西施　　　C 陈阿娇

43. 白居易《长恨歌》中，有"花钿委地无人收，翠翘金雀玉搔头"句，"玉搔头"指的是玉簪，但其实"玉搔头"一词的来历跟一位美女和帝王的爱情故事有关。请问是谁呢？

A 褒姒和周幽王　　　B 杨贵妃和唐玄宗　　　C 李夫人和汉武帝

44. 古人没有即时通讯工具，诗人之间往往借写诗表达思念之情。"忽忆故人天际去，计程今日到凉州"以及"亭吏呼人排去马，忽惊身在古梁州"，相传这两句诗是不同的两位作者在同一天所作，巧的是前一首描写的事实与后一首描写的梦境两相吻合，这说明两人有着灵犀相通的默契。请问，这两首诗的作者分别是谁？

A 刘禹锡和柳宗元　　　B 李白和杜甫　　　C 白居易和元稹

45. "落魄江湖载酒行，楚腰纤细掌中轻"，是杜牧《遣怀》的句子。请问，诗中的"楚腰"和楚国哪位帝王有关？

A 楚怀王　　　B 楚灵王　　　C 楚昭王

46. 苏轼有"佳人犹唱醉翁词，四十三年如电抹"句，是他五十六岁时怀念恩师而作。请问，苏轼词中所感怀的恩师是谁？

A 欧阳修　　　B 王安石　　　C 苏洵

47. 提到黄鹤楼，人们最先想到的就是崔颢的名作《黄鹤楼》。其中"昔人已乘黄鹤去"讲的是仙人乘黄鹤飞去的传说，黄鹤楼也正因此而得名。请问，下列描写黄鹤楼的诗句中，哪一项与仙人传说无关？

A 故人西辞黄鹤楼，烟花三月下扬州　　　B 范蠡舟偏小，王乔鹤不群　　　C 黄鹤高楼已捶碎，黄鹤仙人无所依

48. 范仲淹的《渔家傲·秋思》中有"浊酒一杯家万里，燕然未勒归无计"句。请问，"燕然未勒归无计"，借用了哪位将军"登燕然山、刻石勒功"的历史事件？

A 卫青　　　B 霍光　　　C 窦宪

49. 白居易《观刈麦》中，有"复有贫妇人，抱子在其傍"的描述。请问，这位抱着孩子的贫妇人，右手拿着拾来的麦穗，左手拿的是什么？

A 破镰刀　　　B 破筐　　　C 破衣服

50. 唐代诗人祖咏的《望蓟门》，是一篇催人奋进的爱国主义乐章，诗中"少小虽非投笔吏，论功还欲请长缨"借用了"投笔从戎"的历史典故。请问，这个典故的主人公是哪位历史人物？

A 班超　　B 班彪　　C 班固

51. "初唐四杰"是唐初文坛上将诗风从齐梁时期的绮丽浮华向新时期过渡的四位杰出人物。请问，"初唐四杰"中因被人诬陷贪污而曾经入狱的是哪一位？

A 王勃　　B 骆宾王　　C 杨炯

52. 古诗中有很多描写美女的诗句。请问，下面哪个选项的诗句和历史人物不是原配？

A 云想衣裳花想容——杨贵妃　　B 巧笑倩兮，美目盼兮——庄姜　　C 指如削葱根，口如含朱丹——罗敷

53. 李白的《塞下曲》有"愿将腰下剑，直为斩楼兰"的句子，表达了作者强烈的爱国主义热情，与另一位诗人的"黄沙百战穿金甲，不破楼兰终不还"有异曲同工之妙。请问，这位诗人是？

A 王昌龄　　B 高适　　C 王之涣

54. "刘郎"是古代诗词中常见的一个称呼，然而指代的人却不尽相同。请问，下面哪个"刘郎"指的不是皇帝？

A 玄都观里桃千树，尽是刘郎去后栽　　B 求田问舍，怕应羞见，刘郎才气　　C 茂陵刘郎秋风客，夜闻马嘶晓无迹

55. 李颀《琴歌》"主人有酒欢今夕，请奏鸣琴广陵客"中，"广陵客"比喻善抚琴的人。请问，"广陵客"的故事与古代的哪位名士有关？

A 嵇康　　　B 俞伯牙　　　C 阮籍

56. 杜甫的《咏怀古迹五首》是传世的名作。请问，其中提到的"暮年诗赋动江关"的是哪一位诗人？

A 曹操　　　B 庾信　　　C 鲍照

57. 这是一位著名的文学家，他位列"唐宋八大家"之一，与柳宗元同为古文运动的倡导者，在文学史上有"百代文宗"称号。请问他是谁？

A 柳宗元　　　B 韩愈　　　C 王安石

58. "酒肆人间世，琴台日暮云"，这首《琴台》是杜甫晚年的代表作之一。请问，这句诗描写的是哪两位历史人物的故事？

A 弄玉和萧史　　　B 范蠡和西施　　　C 司马相如和卓文君

59. 清代学者王国维曾在《人间词话》中，用三句词描述了"人生三大境界"。其中代表第一境界的"昨夜西风凋碧树。独上高楼，望尽天涯路"，是出自哪里？

A 柳永《八声甘州》　　　B 晏殊《蝶恋花》　　　C 辛弃疾《青玉案》

60. 北宋年间的乌台诗案，是中国历史上最为著名的文字狱之一，很多优秀的诗人、词人被牵扯其中。请问，以下哪位在这个事件中因言获罪？

A 苏轼　　　B 黄庭坚　　　C 王安石

61. 请问，被李白赞为"一夫当关，万夫莫开"的雄关，是哪个关口？
A 山海关　　　B 雁门关　　　C 剑门关

62. 请问，下列诗句中，哪一句跟"马"没有关系？
A 何当金络脑，快走踏清秋　　　B 八百里分麾下炙，五十弦翻塞外声　　　C 力拔山兮气盖世，时不利兮骓不逝

63. 沧浪亭是苏州现存最早的古代园林之一，是宋代诗人苏舜钦所建，名字出自《楚辞·渔父》中的《沧浪歌》："沧浪之水清兮，可以濯吾缨。"请问，《沧浪歌》中说沧浪之水浑浊的时候，可以洗什么？
A 缨　　　B 足　　　C 珏

64. "黄门飞鞚不动尘，御厨络绎送八珍"，是杜甫《丽人行》中的句子。请问，句中的"黄门"指的是什么人？
A 皇亲国戚　　　B 士族门阀　　　C 宦官

65. 李白《行路难》中有"闲来垂钓碧溪上，忽复乘舟梦日边"。请问，"闲来"句用的是先秦时期的什么典故？
A 庄子垂钓拒聘　　　B 姜太公钓鱼愿者上钩　　　C 任公子巨钩垂钓

66. "把酒对月"，是古代诗文中较为常见的情境，也是一个佳作迭出的题材，其中最有名的是苏轼的《水调歌头·明月几时有》。其实在唐朝，早有另一位诗人举杯对月，写出"青天有月来几时？我今停杯一问之"的诗句。请问他是谁？
A 李白　　　B 张九龄　　　C 王昌龄

67. 《一帘幽梦》是琼瑶的代表作之一，后被拍成影视剧。其片名"一帘幽梦"，出自名句"夜月一帘幽梦，春风十里柔情"。请问，这句词的作者是谁？

A 秦观　　　B 张先　　　C 晏几道

68. 古人对"月"有着深厚的感情，围绕月亮也产生了诸多名篇佳作，"海上生明月，天涯共此时"就是其中之一。请问，这句诗出自哪里？

A 杜甫《月夜忆舍弟》　　　B 张九龄《望月怀远》　　　C 张若虚《春江花月夜》

69. 人们常常用"十年磨一剑"来表达多年刻苦磨练、蓄势待发的意思。请问，这句诗是哪位唐代诗人所写？

A 贾岛　　　B 李颀　　　C 许浑

70. "杜郎俊赏，算而今、重到须惊"，是南宋词人姜夔的名篇《扬州慢》中的句子。请问，"杜郎"指的是哪位唐代诗人？

A 杜牧　　　B 杜审言　　　C 杜荀鹤

71. 词是唐代兴起的一种新的文学样式。到了宋代，进入到词的全盛时期，在我国历史上有"词家三李"。请问，这"三李"指的分别是谁呢？

A 李璟、李煜、李清照　　　B 李煜、李之仪、李重元　　　C 李白、李煜、李清照

72. "豪气压群雄，能使力士脱靴，贵妃捧砚；仙才媲众美，不让参军俊逸，开府清新"。请问，这副对联是对哪一位大诗人的评价？

A 庾信　　　B 鲍照　　　C 李白

73. 白居易《新丰折臂翁》中有"大军徒涉水如汤，未过十人二三死"。请问，句中的"汤"字是什么意思？

A 大雨　　B 滚烫的水　　C 深水沟

74. "草堂留后世，诗圣著千秋"，是 1957 年朱德同志到成都某诗人故居参观时所书的对联，联中表达了他对这位诗人的崇敬以及对草堂胜迹的热爱与关怀之情。请问，这位诗人是谁？

A 孟浩然　　B 陆游　　C 杜甫

75. 贾岛是唐代著名的"苦吟"诗人，曾用"二句三年得，一吟双泪流"来评价自己的作品。请问，这无比宝贵的"两句"是下列哪个句子？

A 鸟宿池边树，僧敲月下门　　B 独行潭底影，数息树边身　　C 过桥分野色，移石动云根

76. 宋代有位著名词人曾经说，"余平生所作文章，多在'三上'，乃'马上''枕上''厕上'也"。请问他是谁？

A 欧阳修　　B 黄庭坚　　C 陆游

77. "大鹏飞兮振八裔，中天摧兮力不济"，这首《临终歌》是一位大诗人的绝命诗，流露出他对人生的眷念和怀才不遇的深沉惋惜。请问他是谁？

A 孟浩然　　B 岑参　　C 李白

78. 李商隐的《锦瑟》是一首非常著名的诗，虽然诗的本意为何，至今没有公认的确切说法，但其高超的艺术手法却一直为人称道。诗中典故众多，请问，除去"锦瑟无端五十弦，一弦一柱思华年"之外，此诗中一共还有多少个典故？

A 5个　　　B 4个　　　C 3个

79. 唐代张籍的《节妇吟》，描写了一位有夫之妇拒绝一位男子追求的过程，展现了一段"错过"的爱情。请问，诗中男子送给女子的是一件什么礼物？

A 明珠　　　B 玉佩　　　C 金簪

80. "几处早莺争暖树，谁家新燕啄春泥"，是白居易《钱塘湖春行》的名句，全诗洋溢着春日良辰的欢乐。请问，这首诗描绘的"钱塘湖"是我国哪个名湖？

A 瘦西湖　　　B 西湖　　　C 太湖

81. 晚唐诗人杜牧在扬州留下了很多佳篇。宋代姜夔的《扬州慢》有"过春风十里，尽荠麦青青"句，其中"春风十里"四个字就是借用了杜牧的一句诗指代扬州这座城市。请问，他借用的诗是？

A《寄扬州韩绰判官》　　　B《泊秦淮》　　　C《赠别》

82. 在我国，很多地方都有祠堂，这是人们祭祀祖先或先贤的场所。在四川，有一所祠堂门口有这样一副对联："北宋高文名父子，南州胜迹古祠堂。"请问，这所祠堂是纪念谁的？

A 晏殊、晏颖、晏几道　　　B 曹操、曹丕、曹植　　　C 苏洵、苏轼、苏辙

83.1912 年，著名学者王国维发表了《文学小言》，其中有这样一段话："三代以下之诗人，无过屈子、渊明、子美、子瞻者。此四子者若无文学之天才，其人格亦自足千古。"请问，王国维如此推崇的四位诗人分别都是谁？

A 屈原、陶渊明、杜甫、苏轼　　B 屈原、陶渊明、苏轼、文天祥　　C 屈原、陶渊明、杜牧、王世贞

84."人类而今上太空，但悲不见五洲同。愚公尽扫饕蚊日，公祭毋忘告马翁"，是毛泽东模仿一位南宋诗人的名作写下的七绝。请问，他模仿的人和作品是？

A 李清照《夏日绝句》　　B 陆游《示儿》　　C 范成大《州桥》

85.2013 年 10 月，一本极为珍贵的南宋时期出版的《唐人绝句》亮相日本东京神保町某书店举办的展销会，标价高达 4.6 亿日元的天价（约合 2875 万元人民币）。请问，《唐人绝句》的编者是宋朝的哪位文人？

A 吕本中　　B 王灼　　C 洪迈

86. 杜甫的《饮中八仙歌》是一首别具一格的"肖像诗"，诗中生动描绘了唐朝八位嗜酒学人名士的形象。请问，"脱帽露顶王公前，挥毫落纸如云烟"的是谁？

A 贺知章　　B 张旭　　C 崔宗之

87."地崩山摧壮士死，然后天梯石栈相钩连"，李白的《蜀道难》是一首壮丽宏阔，又极富浪漫色彩的名作。请问，这两句诗引用了哪个神话故事，来表达"蜀道之难，难于上青天"这个主题？

A 五丁开山　　B 女娲补天　　C 后羿射日

88. "社日"是我国古代重要的传统节日之一，杜甫、韦应物、白居易、刘禹锡等很多诗人都以此为题留下过佳篇。请问，"社日"祭祀的是哪位神灵？

A 灶神　　　B 女娲　　　C 土地神

89. 陆游是南宋的著名诗人，除了留下大量脍炙人口的爱国诗篇之外，他和爱人唐琬的爱情故事亦是流传千古，让人唏嘘。请问，下面哪句诗是陆游怀念唐琬所作？

A 伤心桥下春波绿，曾是惊鸿照影来　　　B 小楼一夜听春雨，深巷明朝卖杏花　　　C 叹息老来交旧尽，睡来谁共午瓯茶

90. 唐朝时期，世风开放大胆。有一位唐代女诗人，义无反顾地爱上了自己的老师温庭筠，并勇敢地写诗表白。请问她是谁？

A 刘采春　　　B 李冶　　　C 鱼玄机

91. "七十岁"又被称为"古稀之年"，这种说法来自诗句"酒债寻常行处有，人生七十古来稀"。请问，这首诗的作者是谁？

A 高适　　　B 陆游　　　C 杜甫

92. 唐代诗人裴迪的诗《送崔九》有"莫学武陵人，暂游桃源里"句。请问，"武陵人"的典故，最早出自谁的笔下？

A 陶渊明　　　B 韦应物　　　C 王羲之

93. 谢灵运和陶渊明被认为是山水田园诗的开创者。请问，唐代最早的一首田园诗出自哪位诗人？

A 王维《渭川田家》　　　B 孟浩然《夜归鹿门歌》　　　C 王绩《野望》

94．"上马击狂胡，下马草军书"，这两句诗将作者的文武才干和拳拳报国之心表达得淋漓尽致。请问，这两句诗的作者是谁？

A 韩世忠　　　B 辛弃疾　　　C 陆游

95．北宋欧阳修《生查子》有"月到柳梢头，人约黄昏后"句。请问，描述的是我国哪个传统节日的景象？

A 七夕节　　　B 人日　　　C 元宵节

96．"此地别燕丹，壮士发冲冠。昔时人已没，今日水犹寒"，是"初唐四杰"之一骆宾王的诗句。请问，诗中"壮士"指的是谁？

A 荆轲　　　B 郭解　　　C 聂政

97．竹子因其挺拔有节，成为古往今来许多文人墨客赞颂的对象。请问，以下哪句不是赞颂竹子的？

A 千花百草凋零后，留向纷纷雪里看　　　B 历冰霜、不变好风姿，温如玉

C 以彼径寸茎，荫此百尺条

98．锦江之滨，杜甫独自寻花，写下"留连戏蝶时时舞，自在娇莺恰恰啼"。请问，让杜甫如此倾心的花是谁家的？

A 严武　　　B 柏茂林　　　C 黄四娘

99．下面几句诗所暗含的季节中，哪一个与其他两个不同？

A 碧玉妆成一树高，万条垂下绿丝绦　　　B 有约不来过夜半，闲敲棋子落灯花　　　C 接天莲叶无穷碧，映日荷花别样红

100. "合昏尚知时，鸳鸯不独宿"，是杜甫的《佳人》。其中，"合昏"指一种植物，请问它是什么植物？

A 合欢花　　　B 木槿花　　　C 夕颜

101. 宋代女词人李清照《鹧鸪天》有"何须浅碧深红色，自是花中第一流"句。请问，李清照评价如此高的是什么花？

A 莲花　　　B 菊花　　　C 桂花

102. "可怜荒垄穷泉骨，曾有惊天动地文"，是白居易为纪念另一位杰出的唐代诗人所写的诗。请问，这位诗人是？

A 柳宗元　　　B 杜甫　　　C 李白

103. 杜牧"东风不与周郎便，铜雀春深锁二乔"句中，"二乔"指的是三国时期的两位绝色美女大乔和小乔，那么"东风"指的是哪一场战役？

A 官渡之战　　　B 夷陵之战　　　C 赤壁之战

104. 《母别子》是白居易《新乐府》五十首中的名篇，写得凄婉哀怨，读来声泪俱下。请问，诗中母子离别的原因是什么？

A 母亲重病将亡　　　B 丈夫遗弃妻子　　　C 儿子出征在即

105. 李清照《声声慢》中有"满地黄花堆积"句。请问，"黄花"指的是什么花？

A 菊花　　　B 迎春花　　　C 黄杜鹃

106. 温庭筠《苏武庙》"茂陵不见封侯印",与李贺《金铜仙人辞汉歌》"茂陵刘郎秋风客"中,都以"茂陵"指代了一位汉代皇帝,请问他是谁?
A 汉高祖刘邦　　　B 汉武帝刘彻　　　C 汉文帝刘恒

107. 相传,古代有一位诗人的"粉丝"声称自己"好白诗",于是在自己的全身上下都刺了这位诗人的诗作,共有三十余处。请问,他追捧的是哪位诗人?
A 白居易　　　B 李白　　　C 白行简

108. "黄梅时节家家雨,青草池塘处处蛙",在初夏的晚间,诗人赵师秀在等待他的客人。然而"有约不来过夜半",于是诗人做了什么来打发时间?
A 出门纳凉　　　B 喝酒读书　　　C 敲棋子

109. 在中国歌谣里,"钓鱼"往往被当作男女求偶的象征隐语,"竹竿何袅袅,鱼尾何簁簁"就是这样的句子。请问,这句诗出自哪里?
A《白头吟》　　　B《我侬词》　　　C《越人歌》

110. "春城无处不飞花,寒食东风御柳斜。日暮汉宫传蜡烛,轻烟散入五侯家",描绘的是唐代时寒食日的景象。请问,寒食节是为了纪念谁而设?
A 嵇康　　　B 伯夷、叔齐　　　C 介子推

111. "用典"是辛弃疾词的一大特色,在他的名作《摸鱼儿》(更能消几番风雨)中,有"长门事,准拟佳期又误"一句。请问,"长门事"的典故与以下哪位历史人物有关?
A 班婕妤　　　B 陈阿娇　　　C 卫子夫

112.《独坐敬亭山》是大诗人李白的名篇之一，"相看两不厌，只有敬亭山"一句，运用了哪种常见的修辞手法？

A 拟人　　　B 比喻　　　C 双重否定

113.《越中览古》是李白在游览越中时，有感于发生在此地的某个著名的历史事件而写下的。请问，这个事件是？

A 刘备三顾茅庐　　　B 范蠡西施泛舟太湖　　　C 越王勾践卧薪尝胆

114."稻米流脂粟米白，公私仓廪俱丰实。九州道路无豺虎，远行不劳吉日出"。请问，唐代诗人杜甫的这首《忆昔》，描绘的是哪个时代的盛况？

A 光武中兴　　　B 贞观之治　　　C 开元盛世

115. 闻一多先生曾评价张若虚的《春江花月夜》，是"孤篇压倒全唐之作"。但其实在张若虚之前，也有题为《春江花月夜》的诗："暮江平不动，春花满正开。流波将月去，潮水带星来。"请问，这首诗的作者是谁？

A 杨广　　　B 谢灵运　　　C 谢朓

116."竹外桃花三两枝，春江水暖鸭先知"，常被人们用来形容早春景象。请问，这两句诗出自哪位诗人之手？

A 韦应物　　　B 苏轼　　　C 杨万里

117. 白居易的《琵琶行》千古传诵，从诗中也化出了很多经典的成语，比如"千呼万唤""窃窃私语"等。请问，下面哪个成语不是从《琵琶行》中化出的？

A 司马青衫　　　B 此时无声胜有声　　　C 余音绕梁

118. 白居易的名篇《琵琶行》中，技艺高超的女主人公是哪里人？

A 长安　　　B 江州　　　C 洛阳

119. "醉翁之意不在酒，在乎山水之间也"，是《醉翁亭记》中的名句。请问，这里的"醉翁"指的是下面哪位诗人？

A 李白　　　B 张旭　　　C 欧阳修

120. 被俘的割据政权末代君主称为"后主"，杜甫的《登楼》诗中就有"可怜后主还祠庙，日暮聊为《梁甫吟》"。请问，诗中的"后主"指的是谁？

A 南唐后主李煜　　　B 蜀后主刘禅　　　C 陈后主陈叔宝

121. 南宋诗人刘克庄有诗云："三百篇寂寂久，九千首句句新。譬宗门中初祖，自过江后一人。"请问，这位一生写下九千多首诗的爱国诗人是？

A 文天祥　　　B 陆游　　　C 韩世忠

122. 唐代诗人张继的《枫桥夜泊》，不仅是诗中的名篇，还被改编成了脍炙人口的流行歌曲。请问，"月落乌啼霜满天，江枫渔火对愁眠"描绘的是哪个季节的凄美夜景？

A 春天　　　B 夏天　　　C 秋天

123. 在陕西商州，有座祠堂上悬一副对联，上联是"雪拥蓝关一片冰心寒日月"，下联是"云横秦岭千秋浩气塞乾坤"。请问，这是为了纪念哪位唐代大诗人的？

A 岑参　　　B 韩愈　　　C 王昌龄

124. 李清照的"红藕香残玉簟秋"，牛峤的"玉炉冰簟鸳鸯锦"，李白的"微霜凄凄簟色寒"，其中的"簟"是什么意思？

A 软枕　　B 手镯　　C 竹席

125. 杜甫《咏怀古迹五首》组诗，分别吟咏了五位历史名人在三峡一带留下的古迹。请问，以下哪位名人不是这五人之一？

A 王昭君　　B 刘备　　C 曹操

126. 余光中曾作诗赞美李白，说他"绣口一吐就是半个盛唐"。请问，下列哪句诗不是李白所写？

A 狡捷过猴猿，勇剽若豹螭　　B 不敢高声语，恐惊天上人　　C 十步杀一人，千里不留行

127. 登高远眺，俯瞰大好河山即兴抒怀，古往今来有不少诗人留下了千古佳作。请问，下列登临而作的诗句中，哪一句出自诗仙李白？

A 山随平野尽，江入大荒流　　B 星垂平野阔，月涌大江流　　C 江流天地外，山色有无中

128. 因写下"一川烟草，满城风絮，梅子黄时雨"而被称为"贺梅子"的南宋词人贺铸，在一首《水调歌头》中有"商女篷窗罅，犹唱《后庭花》"句，是化用了一位唐代诗人的作品而来。请问，这位诗人和他的作品是？

A 林升《题临安邸》　　B 杜牧《泊秦淮》　　C 陆游《临安春雨初霁》

129. 王国维《好事近》（愁展翠罗衾）词中末句写道："独向西风林下，望红尘一骑。"请问，"红尘一骑"化用了哪位诗人哪首作品中的句子？

A 韦庄《春日》　　B 杜牧《过华清宫》　　C 刘禹锡《玄都观桃花》

130. 相传，清代大才子纪晓岚有次为扇面题诗时，一不小心丢了字，为掩饰错误，重新断句，将诗改成了一首词，曰："黄河远上，白云一片，孤城万仞山。羌笛何须怨，杨柳春风，不度玉门关。"请问，这原本是什么诗？

A 王之涣《凉州词》　　B 王翰《凉州词》　　C 卢纶《塞下曲》

131. 《寂寞沙洲冷》是台湾歌手周传雄在 2005 年发行的一张专辑中的歌曲。请问，这首歌的歌名出自何处？

A 苏轼《卜算子》　　B 欧阳修《青玉案》　　C 柳永《雨霖铃》

132. 请问，以下哪首诗句不是描写雪的？

A 欲舞定随曹植马，有情应湿谢庄衣　　B 已随江令夸琼树，又入卢家妒玉堂　　C 平沙千里经春雪，广陌三条尽日风

133. 诗酒自古不可分，美酒佳作，千古风流。请问，是哪位诗人写出了"天若不爱酒，酒星不在天。地若不爱酒，地应无酒泉"的诗句？

A 酒圣杜康　　B 酒仙李白　　C 醉侯刘伶

134. 北宋文坛上，有一位被称作"古之伤心人"的著名词人，他就是秦观。他的笔下，充满着揪心的愁绪。请问，下面带"愁"字的句子，哪句不是出自他的手笔？

A 困倚危楼，过尽飞鸿字字愁　　B 便做春江都是泪，流不尽，许多愁

C 槛菊愁烟兰泣露。罗幕轻寒，燕子双飞去

135. "江流宛转绕芳甸，月照花林皆似霰"，是张若虚被称为"孤篇压倒全唐"的《春江花月夜》中的名句。请问，"霰"字是什么意思？

A 晚霞　　B 小冰粒　　C 白雾

136. 白居易《望月有感》中有"吊影分为千里雁，辞根散作九秋蓬"句。请问，其中"千里雁"是用大雁比喻什么？

A 父子　　B 夫妻　　C 兄弟

137. "岁寒三友"是三种植物的并称，常被用来形容高洁的人格。请问，下面哪种植物不在"三友"之中？

A 梅　　B 竹　　C 菊

138. "不畏浮云遮望眼，自缘身在最高层"，是北宋诗人王安石《登飞来峰》中的句子。请问，这里以"浮云"的意象比喻了什么？

A 利益诱惑　　B 漂泊的命运　　C 奸邪之臣

139. 唐代有很多大诗人都被后人赋予了"雅号"，比如李白之"诗仙"、杜甫之"诗圣"、王维之"诗佛"，这些"雅号"非常精到地点出了诗人的创作特点。请问，刘禹锡的雅号是什么？

A 诗骨　　B 诗豪　　C 诗狂

140. 孟郊的《游子吟》中这样写道："谁言寸草心，报得三春晖。"后世人们往往以此比喻母爱的深厚恩情。请问，下列选项中哪个不属于"三春"？

A 季春　　B 新春　　C 仲春

141. 苏轼谪居黄州时曾以《临江仙》抒发苦闷的心情，其中"夜饮东坡醒复醉"中的"东坡"指的是？

A 他自己　　B 一个地名　　C 一个村子

142. 唐代诗人高适在与乐师董大久别重逢、又即将各奔他方之际，写下了著名的赠别之作《别董大》。董大原名"董庭兰"，那为何诗人称他为"董大"？

A 对年长之人的昵称　　B 董大的身材高大　　C 董大在家排行老大

143. 贾岛是唐代著名的"苦吟"诗人。据载，有次他在马背上得了两句诗："鸟宿池边树，僧推月下门。"他想把"推"字改成"敲"字，但自己又拿不定主意，最后是另一位诗人帮他确定了这个"敲"字。请问，这位诗人是谁？

A 韩愈　　B 孟郊　　C 李商隐

144. "冰肌玉骨，自清凉无汗"，是苏轼《洞仙歌》中的句子。请问，作品中形容的是历史上的哪位著名的美女？

A 赵飞燕　　B 虢国夫人　　C 花蕊夫人

145. "十八新娘八十郎，苍苍白发对红妆"，据传是苏轼的诗，调侃了一位词人好友在八十岁时迎娶了十八岁的小妾。请问，这位词人是？

A 欧阳修　　B 朱彝尊　　C 张先

146. 有一位著名的诗人，两次参加考试皆因为排名在秦桧的孙子之上而被取消了成绩。请问，这位诗人是？

A 杨万里　　B 陆游　　C 范成大

147. "先天下之忧而忧，后天下之乐而乐"，往往被用来形容心系天下、忧国忧民的情怀。请问，这句话出自谁的笔下？

A 范仲淹　　B 杜甫　　C 刘克庄

148. 自己白白忙碌一场却成全了他人，这种情况我们往往会说"为他人作嫁衣裳"。其实这句话出自一首唐诗《贫女》："苦恨年年压金线，为他人作嫁衣裳。"请问，这首诗的作者是谁？

A 陆龟蒙　　B 秦韬玉　　C 王湾

149. "此夜曲中闻《折柳》，何人不起故园情"，是李白在抒发自己对故乡的思念之情。请问，这里的"曲"是哪种乐器演奏出的？

A 胡琴　　B 笛子　　C 筚篥

150. 成语"劳燕分飞"出自诗句"东飞伯劳西飞燕，黄姑织女时相见"。请问，这句诗出自哪里？

A《古诗十九首》　　B《乐府诗集》　　C《长恨歌传》

151. 请问，下列哪首诗词作品中出现过成语"马革裹尸"？

A 岳飞《满江红》　　B 辛弃疾《满江红》　　C 高适《燕歌行》

152. 李白曾作诗称赞孟浩然"红颜弃轩冕，白首卧松云"。请问，"轩冕"指的是什么？

A 官位爵禄　　B 凡俗情感　　C 优越生活

153. "蓬莱文章建安骨，中间小谢又清发"，是李白的诗。请问，"小谢"指的是哪位诗人？

A 谢安　　B 谢朓　　C 谢灵运

154. 以下三句词，分别来自于三首《长相思》。请问，哪一句不是出自李白？

A 美人如花隔云端　　B 微霜凄凄簟色寒　　C 山远天高烟水寒

155. 古典诗词的语言具有含蓄隽永的特色。请问，下列哪个词语不是用来借代手的呢？

A 玉纤　　B 削葱根　　C 螓首

156. "昔日龌龊不足夸，今日放荡思无涯"，是唐代诗人孟郊描述的登科前后生活上的差异。请问，"登科"指的是在科举考试中考上什么？

A 童生　　B 举人　　C 进士

157. "刚直不阿留将正气冲霄汉；幽愁发愤铸成信史照尘寰"。请问，这副对联颂扬的是哪位历史人物？

A 伍子胥　　B 司马迁　　C 岳飞

158. 宋词是中国古代文学史上光辉夺目的宝藏，但其实宋词还有很多其他的名字。请问，以下哪一项不是宋词的别称？

A 长短句　　B 胡乐　　C 诗余

159. 白居易初到长安时，带着自己的诗作谒见知名诗人顾况，顾况在看到他的一首作品后大加赞赏，给予了"有才如此，居亦容易"的评价。请问，他看到的是白居易的哪首作品？

A《忆江南》　　B《赋得古原草送别》　　C《钱塘湖春行》

160.“宣父犹能畏后生，丈夫未可轻年少”，是李白年轻时谒见李邕毛遂自荐时的作品。请问，诗中“宣父”指的是谁？

A 周文王　　　B 孔子　　　C 秦始皇

161.“雄关漫道真如铁，而今迈步从头越”，是毛泽东《忆秦娥·娄山关》的名句。其词牌名“忆秦娥”最早出自李白《忆秦娥·箫声咽》。请问，“秦娥”指的是谁？

A 孟姜女　　　B 秦罗敷　　　C 弄玉

162. 桂林山水一向以山青、水秀、洞奇、石美而享有“桂林山水甲天下”的美誉，古人亦对桂林山水颇多描绘。请问，下列哪项不是形容桂林山水的诗句？

A 江作青罗带，山如碧玉簪　　　B 神护青枫岸，龙移白石湫　　　C 西当太白有鸟道，可以横绝峨眉巅

163.“李杜之交”被后世传为深厚友谊的典范。请问，在下列诗句中，哪一句是李白与杜甫饮酒作别时互赠的诗？

A 飞蓬各自远，且尽手中杯　　　B 抽刀断水水更流，举杯销愁愁更愁　　　C 多情却似总无情，唯觉樽前笑不成

164. 有“七律圣手”之称的是以下哪位唐代诗人？

A 王昌龄　　　B 刘长卿　　　C 李商隐

165. 李商隐的七绝《南朝》中有"休夸此地分天下，只得徐妃半面妆"，其中的徐妃就是我们现在常说的"半老徐娘"的原型。请问，这位徐妃的丈夫是哪位帝王？

A 梁武帝萧衍　　　B 梁元帝萧绎　　　C 宋高祖武皇帝刘裕

166. "青女素娥俱耐冷，月中霜里斗婵娟"，是李商隐的《霜月》诗。其中"青女"指霜雪女神，"素娥"指月中嫦娥。请问，根据诗中描述，这两位女神在比赛什么？

A 耐寒　　　B 法力　　　C 美貌

167. 重男轻女一直是古代社会的传统，但是有一位女子的出现，却让白居易写下"遂令天下父母心，不重生男重生女"的诗句。请问，这位女子是谁？

A 武则天　　　B 杨玉环　　　C 鱼玄机

168. 杜甫《咏怀古迹五首》（其三）有"一去紫台连朔漠，独留青冢向黄昏"句，借怀念王昭君来抒写自己的怀抱。请问，诗中的"朔"字是指哪一个方向？

A 东方　　　B 西方　　　C 北方

169. 汉乐府《陌上桑》中有"少年见罗敷，脱帽着帩头。耕者忘其犁，锄者忘其锄。来归相怨怒，但坐观罗敷"的句子，巧妙地从见者的角度衬托出罗敷之绝色。请问，"但坐观罗敷"中的"坐"在这里是什么意思？

A 因为　　　B 坐下　　　C 共同

170. 《青玉案》（凌波不过横塘路）是宋代词人贺铸的名作。"锦瑟华年谁与度？月桥花院，琐窗朱户。只有春知处"，词中"锦瑟年华"指青春时代。请问，该成语出自谁的诗句？

A 李商隐　　　B 金昌绪　　　C 韩偓

171. 请问下列诗句中，哪一句不是描写少女时代的情怀的？

A 春日游，杏花吹满头　　　B 和羞走，倚门回首，却把青梅嗅　　　C 闻说双溪春尚好，也拟泛轻舟

172. 李白曾写下三首赞美杨贵妃容貌及她与李隆基爱情的《清平调》词，其中"名花倾国两相欢"中的"名花"是指什么花？

A 牡丹花　　　B 百合花　　　C 鸢尾花

173. 下面几种植物，都是经常出现在诗词中的意象。请问，其中哪一个通常不被用来表现坚贞高洁？

A 梅花　　　B 杏花　　　C 海棠

174. "翰林风月三千首，吏部文章二百年"，是欧阳修《赠王介甫》中的句子，将王安石比作两位前代的大诗人，颇为赞赏。那么"翰林"和"吏部"，分别指的是唐朝哪位诗人呢？

A 李白、韩愈　　　B 李白、王维　　　C 杜审言、杜甫

175. 毛泽东对古代诗词大家的偏爱，可用十个字来概括："诗最爱三李，词最合稼轩。"其中，"三李"是李白、李贺、李商隐，那么"稼轩"指的是谁？

A 苏轼　　　B 辛弃疾　　　C 陈亮

176. "金龟婿"一词，原本出自李商隐《为有》一诗："无端嫁得金龟婿，辜负香衾事早朝。"请问，"金龟婿"一词中，"金龟"的原始含义是什么？
A 三品以上官员的官服配饰　　B 富贵人家的门环雕饰　　C 男子提亲的见面礼

177. 我国古代，对一些特殊的日子有专门的称呼。比如，正月初一为鸡日，初二为狗日，初三为猪日等等，而在诗词中我们经常能见到的"人日"是正月初几？
A 初五　　B 初七　　C 初八

178. "南朝四百八十寺，多少楼台烟雨中"，是杜牧《江南春》中的句子。请问，"南朝"指下列哪四个朝代？
A 宋齐梁陈　　B 秦晋齐楚　　C 梁唐晋周

179. 折柳相赠是古人送别时的习惯，"柳"谐音"留"，有挽留之意。请问，下面哪句诗中的"柳"与送别无关？
A 长亭路，年去岁来，应折柔条过千尺　　B 昔我往矣，杨柳依依。今我来思，雨雪霏霏　　C 最是一年春好处，绝胜烟柳满皇都

180. 百花之中，诗人非常钟情于梅花，出现了众多咏梅的佳作。请问，下面的哪句诗写的不是梅花？
A 纵被春风吹作雪，绝胜南陌碾成尘　　B 疏影横斜水清浅，暗香浮动月黄昏　　C 零落成泥碾作尘，只有香如故

181. "蒌蒿满地芦芽短，正是河豚欲上时"，是宋代著名诗人苏轼为惠崇所绘的《春江晚景》图所写的题画诗中的句子，请根据诗中描绘的景象，推测这首诗描写的季节？

A 盛夏　　　B 深秋　　　C 春天

182. 杜牧的名作《山行》有"远上寒山石径斜，白云生处有人家"的句子，请问诗中描绘的是什么季节的景色？

A 冬天　　　　B 初春　　　　C 秋天

183. 唐代诗人王维在安史之乱中曾被迫授予伪职，然而在叛乱平定后，却因为一首诗获得了大唐皇帝的轻判，不仅保全了性命，还官复原职。请问，这首"救命诗"是？

A《陇西行》　　　B《闻逆贼凝碧池作乐》　　　C《老将行》

184. 下列与"江水"相关的诗句中，哪一句是豪放派词人辛弃疾的作品？

A 千古兴亡多少事，悠悠。不尽长江滚滚流　　　B 一道残阳铺水中，半江瑟瑟半江红　　　C 白发渔樵江渚上，惯看秋月春风

185. "月亮"一直是古典诗词中最有代表性的意象之一，不论怀远抑或思乡，月亮总能激起文人骚客的情愫。请问，下列选项中哪个不是诗中月亮的代称？

A、婵娟　　　　B、素魄　　　　C、东君

186. 宋代词人蒋捷的《虞美人·听雨》，以听雨为线索，寥寥几笔，写出了对人生、岁月不寻常的观感。请问，"而今听雨僧庐下，鬓已星星也"中的"星星"指的是？

A 鬓发斑白　　　B 鬓发淋湿　　　C 鬓发稀疏

187. "六军不发无奈何，宛转蛾眉马前死"，是白居易《长恨歌》中描述的杨贵妃被赐死的情景。请问，杨贵妃缢死身亡的地点在哪里？

A 华清池　　　B 马嵬坡　　　C 长生殿

188. 知名摇滚团体唐朝乐队的《梦回唐朝》一曲中有句念白："忆昔开元全盛日，天下朋友皆交情。"其中，"忆昔开元全盛日"这句诗出自唐代诗人杜甫的《忆昔》，请问，诗中它的下句是什么？

A 小邑犹藏万家室　　　B 千乘万骑入咸阳　　　C 公私仓廪俱丰实

189. 宋代才女朱淑真有诗曰："土花能白又能红，晚节犹能爱此工。宁可抱香枝上老，不随黄叶舞秋风。"请问，这首诗写的是什么花？

A 杏花　　　B 菊花　　　C 海棠

190. "江西诗派"是中国古代诗歌史上一个重要的流派。"江西诗派"有"一祖三宗"之说，请问"一祖"指的是哪位诗人？

A 杜甫　　　B 黄庭坚　　　C 韩愈

191.《望岳三首》是唐代诗人杜甫的名篇，我们所熟悉的"会当凌绝顶，一览众山小"就是这组诗第一首中的名句。这一组诗咏叹了我国三座名山，请问，分别是哪三座山？

A 泰山、华山、衡山　　　B 泰山、黄山、恒山　　　C 泰山、嵩山、黄山

192. 南宋诗人谢枋得《庆全庵桃花》中写道："怕有渔郎来问津。"请问，"津"指的是什么？

A 入海口　　　B 渡口　　　C 河岸

193. "春水碧于天，画船听雨眠。垆边人似月，皓腕凝霜雪"，是唐人韦庄的《菩萨蛮》（人人尽说江南好）。请问，词中"垆"指的是什么？

A 长亭　　　B 茅屋　　　C 酒家

194. 我国古代的诗人很多都与酒结下了不解之缘。唐代有位诗人就说自己是"朝回日日典春衣，每日江头尽醉归"。请问，这位为了饮酒连衣服都当掉的诗人是谁？

A 李白　　　B 杜甫　　　C 张籍

195. 成语"飞扬跋扈"出自《北史·齐高祖纪》，杜甫也曾形容他的一位朋友"痛饮狂歌空度日，飞扬跋扈为谁雄"。请问，这位朋友是谁？

A 元结　　　B 李白　　　C 高适

196. 诗人经常因为佳句而得雅号，如宋祁就因为"红杏枝头春意闹"一句而被称为"红杏尚书"，那么，让贺铸得名"贺梅子"的，是他的哪首作品？

A《青玉案》（凌波不过横塘路）　　　B《鹧鸪天·半死桐》　　　C《芳心苦》（杨柳回塘）

197. 杜牧的《赠别二首》，是在离开扬州到长安赴任前，写给相好的歌妓的赠别之作，诗中写道："豆蔻梢头二月初。"请问，他作别的女子大概多少岁？

A 十三四岁　　　B 十五六岁　　　C 十七八岁

198.《永遇乐·京口北固亭怀古》，是南宋词人辛弃疾的名篇。请问，词中"斜阳草树，寻常巷陌，人道寄奴曾住"，"寄奴"是哪位历史人物的小名？

A 刘裕　　　B 刘备　　　C 刘秀

199. 杜牧在《题乌江亭》中，以"江东子弟多才俊，卷土重来未可知"句，表达了对楚霸王项羽自刎乌江的惋惜。然而宋代有人不认同此观点，说："百战疲劳壮士哀，中原一败势难回。江东子弟今虽在，肯为君王卷土来？"请问，这位持有不同观点的人是谁？

A 李清照　　　B 王安石　　　C 张孝祥

200."春蚕到死丝方尽，蜡炬成灰泪始干"，现在常被用来形容无私奉献精神。在李商隐《无题》原诗中，这句表达的是什么样的情感？

A 忠臣对君王的情感　　　B 老师对学生的情感　　　C 恋人之间的情感

201.《琵琶行》是描写音乐之美的诗词名篇。请问，根据诗中的叙述，琵琶女为白居易演奏了哪两首曲子？

A《霓裳羽衣曲》和《六幺》　　　B《十面埋伏》和《浔阳夜月》　　　C《夕阳箫鼓》和《霸王卸甲》

202. 成语"炙手可热"原出自杜甫的诗句"炙手可热势绝伦，慎莫近前丞相嗔"，用来形容某位妃子得宠后鸡犬升天的情形。请问，这位得宠的妃子是谁？

A 卫子夫　　　B 赵合德　　　C 杨贵妃

203."云破月来花弄影""帘幕卷花影""柔柳摇摇，坠轻絮无影"，三个句子出自一位词人笔下，他也因而获得了"张三影"的雅号。请问，这位词人是谁？

A 张先　　　B 张炎　　　C 张元幹

204. 苏轼曾评价一位大诗人的作品为"诗中有画，画中有诗"。请问，被苏轼如此推崇的诗人是谁呢？

A 陶渊明　　　B 王维　　　C 柳宗元

205. 唐代诗人白居易的《琵琶行》是千古名篇。请问，这首诗是作者被贬谪到何地之后写下的？

A 江州　　　B 柳州　　　C 扬州

206. 被称为杜甫"生平第一快诗"的《闻官军收河南河北》，是在杜甫听到什么消息后一蹴而就的？

A 安史之乱平定　　　B 杨玉环自缢马嵬坡　　　C 自己被官复原职

207. "凭谁问，廉颇老矣，尚能饭否"，是辛弃疾《永遇乐》中的句子。请问，"廉颇"是战国时期哪国的将领？

A 楚国　　　B 赵国　　　C 燕国

208. 李商隐《贾生》一诗，以"可怜夜半虚前席，不问苍生问鬼神"表达贤才不得重用之意。请问，这位与贾谊谈鬼神之事的皇帝是谁？

A 汉文帝　　　B 汉献帝　　　C 汉惠帝

209. "竹帛烟销帝业虚，关河空锁祖龙居。坑灰未冷山东乱，刘项原来不读书"，是唐人章碣的一首诗。请问，诗中评价的是哪个著名的历史事件？

A 焚书坑儒　　　B 鸿门宴　　　C 火烧阿房宫

210. 唐代诗人刘长卿因善作五言诗，自号"五言长城"。他的一首名作中，有"泠泠七弦上，静听松风寒"句。请问，诗中"七弦"指的是哪种乐器？

A 古琴　　B 瑟　　C 筝

211. 反对"以作诗的方法来作词"，提出词应当"别是一家"之说的，是我国历史上哪位著名词人？

A 柳永　　B 苏轼　　C 李清照

212. 请问，历史上"第一位对宋词进行大胆革新"的词人是谁？

A 柳永　　B 李白　　C 苏东坡

213. 成语"司空见惯"，在现代的意思是"见得多了，不足为奇"，其实这个成语出自刘禹锡的"司空见惯浑闲事，断尽苏州刺史肠"。请问，其中的"司空"指什么？

A 姓司空的人　　B 表字为司空的人　　C 官职为司空的人

214. 李白一生诗酒风流，留下了"诗仙"+"酒仙"的美名。请问，下列与"酒"有关的名句中，哪一项不是出自李白的手笔？

A 金樽清酒斗十千，玉盘珍羞直万钱　　B 抽刀断水水更流，举杯消愁愁更愁
C 新丰美酒斗十千，咸阳游侠多少年

215. 辛弃疾的《清平乐·村居》，是一首清新淳朴的作品，描绘了一家人悠闲舒适的乡间生活。请问，根据作品描述，这家人有几个儿子？

A 2个　　B 3个　　C 4个

216.《石壕吏》是杜甫著名的"三吏""三别"之一。请问，下面哪首诗不在"三吏"之中？

A《新安吏》　　B《新丰吏》　　C《石壕吏》

217. 以下三位著名的宋代词人中，哪位在世时的官位最高？

A 柳永　　B 晏殊　　C 欧阳修

218. 古人在表述年龄时有很多含蓄的词汇，比如六十为"耳顺"，七十为"古稀"。请问，以下哪个词汇在古诗中代表晚年的意象？

A 垂髫　　B 桑榆　　C 弱冠

219. 唐朝有一位追星族叫魏万，花了一年时间写成四十八韵《金陵酬李翰林谪仙子》，又跋涉三千里得以和偶像相见。这位诗人深受感动，以《送王屋人魏万还王屋并序》回赠并鼓励这位年轻人。请问，魏万仰慕的这位诗人是谁？

A 李之仪　　B 李商隐　　C 李白

220.《春日忆李白》是杜甫赞誉李白的作品。请问，杜甫在这首诗中将李白与哪两位文人的文风相提并论？

A 庾信、鲍照　　B 屈原、宋玉　　C 谢灵运、谢朓

221."人比黄花瘦"，是李清照的相思之苦，然而在李清照之前，有人曾写下"人与绿杨俱瘦"伤春怀人，请问他是谁？

A 晏殊　　B 秦观　　C 周邦彦

222. 我们一般认为，代表了"汉代文人五言诗"最高成就的是？
A《乐府诗集》　　B 敦煌曲子词　　　C《古诗十九首》

223. 被誉为"百代词曲之祖"的是唐代诗人李白的两首词，其中一首是《忆秦娥·箫声咽》。请问，另一首是什么？
A《菩萨蛮》（人人尽说江南好）　　B《菩萨蛮》（小山重叠金明灭）　　C《菩萨蛮》（平林漠漠烟如织）

224. 请问下列选项中，哪位不在"竹林七贤"之列？
A 山涛　　　B 蔡邕　　　C 阮籍

225. 请问，《回乡偶书》"儿童相见不相识，笑问客从何处来"中，这位客人指的是谁？
A 宋之问　　　B 贺知章　　　C 杜审言

226. 琼瑶有一部小说，叫《心有千千结》，后被改编成多版影视剧。请问，小说名字是化用了哪位词人的名句？
A 张先　　　B 温庭筠　　　C 周邦彦

227. 下列哪句诗中所讴歌的历史人物，不是三国名相诸葛亮？
A 先生晦迹卧山林，三顾那逢圣主寻　　B 三顾频烦天下计，两朝开济老臣心
C 了却君王天下事，赢得生前身后名

228. 请问，下面哪首诗中描绘的景色和庐山无关？

A 横看成岭侧成峰，远近高低各不同　　B 九江秀色可揽结，吾将此地巢云松　　C 会当凌绝顶，一览众山小

229. "书中自有黄金屋""书中自有颜如玉"，请问，这是出自谁的哪首作品？

A 赵恒《劝学诗》　　B 颜真卿《劝学》　　C 孟郊《劝学》

230. "大江东去，浪淘尽、千古风流人物"，是苏轼《念奴娇·赤壁怀古》中的句子。词牌名"念奴娇"，据说得名于唐代天宝年间一个名叫"念奴"的女子。请问，她的身份是？

A 官宦之女　　B 教坊歌伎　　C 唐玄宗的宠妃

231. 唐代诗人王勃《滕王阁序》有"东隅已逝，桑榆非晚"句，是劝人惜时的名句。请问，"东隅"和"桑榆"分别代指什么？

A 东方和西方　　B 春天和秋天　　C 早年和晚年

232. "山回路转不见君，雪上空留马行处"，是唐代诗人岑参《白雪歌送武判官归京》中的句子，在诗中，作者目送友人直到看不见为止。请问，下面哪首诗里也有相同的情景？

A《黄鹤楼送孟浩然之广陵》　　B《送杜少府之任蜀川》　　C《渡荆门送别》

233. 请问，宋代的哪位才子，在落榜之后，自诩"才子词人，自是白衣卿相"？

A 晁补之　　B 王沂孙　　C 柳永

234. "我思昧昧最神伤，予季归来更断肠。作个才人真绝代，可怜薄命作君王"。请问，诗中这个"入错行"的君王是？

A 宋徽宗赵佶　　　B 陈后主陈叔宝　　　C 南唐后主李煜

235. 写下"黄金白璧买歌笑，一醉累月轻王侯"，来表达自己不媚权贵的坚定心志、豪放不羁的性格的诗人是谁？

A 晁补之　　　B 李白　　　C 朱敦儒

236. 杜甫有诗"三吏""三别"，记载战乱给百姓带来的灾难。请问，下面哪篇不是杜甫的"三别"？

A《新婚别》　　　B《垂老别》　　　C《南浦别》

237. 白居易的《长恨歌》书写了唐玄宗和杨贵妃的爱情悲剧，后世文学家以此诗为蓝本进行再创作。请问，下面哪部剧作跟《长恨歌》的故事没有关系？

A《桃花扇》　　　B《梧桐雨》　　　C《长生殿》

238. "纵使卢王操翰墨，劣于汉魏近风骚"，是杜甫《戏为六绝句》中的句子，其中"风骚"二字与现代汉语通常所指之意不同，而是分别指代了两部我国古代的文学著作。请问，是哪两部著作？

A《诗经》和《楚辞》　　　B《古诗十九首》和《乐府诗集》　　　C 南朝民歌和北朝民歌

239. "金风玉露一相逢，便胜却、人间无数"，"由来碧落银河畔，可要金风玉露时"。请问，这两首含有"金风玉露"的作品，都与哪个传统节日有关？

A 上元　　　B 中秋　　　C 七夕

240. 元宵节是我国的传统节日。请问，下面哪首词写的不是元宵节？
A 月上柳梢头，人约黄昏后　　B 铺翠冠儿，捻金雪柳，簇带争济楚　　C 青烟幂处，碧海飞金镜

241. 大散关是南宋与金在西线的交界处，陆游曾带兵出入，并写下"楼船夜雪瓜洲渡，铁马秋风大散关"。请问，大散关在今天的什么地方？
A 山西朔州　　　B 陕西宝鸡　　　C 甘肃武威

242. 李白《塞下曲》中"功成画麟阁，独有霍嫖姚"的"霍嫖姚"，指的是西汉名将霍去病。请问，"嫖姚"二字的含义是？
A 霍去病的小名　　　B 霍去病的官位　　　C 霍去病的表字

243. "诗鬼"李贺曾作诗描绘一种动物："龙脊贴连钱，银蹄白踏烟。无人织锦韂，谁为铸金鞭。"请问，这首诗形容的是哪种动物？
A 麒麟　　　B 龟　　　C 马

244. "一叫一回肠一断，三春三月忆三巴"，出自李白《宣城见杜鹃花》。在古典诗词中，杜鹃还有个很常用的别名，请问它是？
A 子规　　　B 晨风　　　C 飞鸿

245. 上世纪 80 年代，根据琼瑶小说改编，秦汉、刘雪华主演的电视剧《庭院深深》，曾经在我国台湾创下超过 50% 的收视神话。请问，片名《庭院深深》出自哪位词人的哪首词？
A 朱淑真《减字花木兰》　　　B 周紫芝《踏莎行》　　　C 欧阳修《蝶恋花》

246."碧云天，黄花地，西风紧，北雁南飞。晓来谁染霜林醉？总是离人泪"，是王实甫《西厢记》中很有名的一段曲词。请问，"碧云天"句，化用了哪位词人的哪首作品？

A 范仲淹《苏幕遮》　　B 汪藻《点绛唇》　　C 吴文英《风入松》

247.《岁暮归南山》是唐朝诗人孟浩然四十岁时科考落第后写的作品，以自怨自艾的形式抒发了仕途失意的幽思。请问，"白发催年老，青阳逼岁除"中的"青阳"指的是什么？

A 太阳　　B 春天　　C 月亮

248."小楼昨夜又东风，故国不堪回首月明中"，是李煜在国破家亡后写下的绝命词。请问，他念念不忘的"故国"是指？

A 后蜀　　B 北汉　　C 南唐

249. 西湖又叫"西子湖"，西子是我国古代四大美女之一的西施。这个别名源于宋代大文豪苏轼的一首作品，请问是下面哪首？

A《饮湖上初晴后雨》　　B《惠崇春江晚景二首》　　C《望江南·超然台作》

250."梅子留酸软齿牙，芭蕉分绿与窗纱"，是宋人杨万里《闲居初夏午睡起》中的句子。根据诗中内容，"日常睡起无情思"的作者，看到孩子们正在玩什么？

A 摸鱼　　B 采花　　C 捉柳絮

251."莫唱当年《长恨歌》，人间亦自有银河。石壕村里夫妻别，泪比长生殿上多"，是清代诗人袁枚的《马嵬》诗。请问，诗中提到了哪两位唐代诗人的作品？

A 白居易和杜甫　　B 李白和杜甫　　C 白居易和元稹

252. 清代文学评论家赵翼在其《瓯北诗话》中，将一位宋代诗人誉为"继李、杜后的一大家"，认为他代表了宋诗的最高成就。请问，他说的是哪位诗人？

A 苏轼　　　B 黄庭坚　　　C 王安石

253. 成语"蜻蜓点水"出自杜甫《曲江》："穿花蛱蝶深深见，点水蜻蜓款款飞。"但其实，这首诗中还蕴含着一个成语，请问是下列哪一项？

A 招蜂引蝶　　　B 万紫千红　　　C 古稀之年

254. 自晋代陶渊明开始，"菊花"成为古典诗词常见的意象。请问，下列诗句中，不是描写菊花的是哪一项？

A 凌寒独自开　　　B 满城尽带黄金甲　　　C 宁可枝头抱香死

255."侯门一入深如海，从此萧郎是路人"，是唐代诗人崔郊最出名的诗句。请问，这个即将踏入"侯门"的女子的身份是？

A 歌妓　　　B 丫鬟　　　C 作者的表妹

256. 崔颢的一首《黄鹤楼》诗，让诗仙李白都甘拜下风，"日暮乡关何处是，烟波江上使人愁"。请问，诗句中所指的是哪条江？

A 汉江　　　B 长江　　　C 嘉陵江

257. 杜甫《登楼》诗有云："可怜后主还祠庙，日暮聊为《梁甫吟》。"《梁甫吟》是古代一支民间曲调，请问它一般在什么场合演奏？

A 祭祖　　　B 送葬　　　C 过年

258. "当窗理云鬓，对镜帖花黄"，女子总是爱美的，连巾帼英雄花木兰也不例外。不过，唐代诗人张祜的《集灵台》其二中却写了一位"却嫌脂粉污颜色，淡扫蛾眉朝至尊"的女子。请问，诗中这位敢于素颜面圣的女子是谁？

A 赵飞燕的姐姐　　B 杨贵妃的姐姐　　C 张丽华的姐姐

259. 王国维《踏莎行·元夕》中有"乌鹊无声，鱼龙不夜"句，其中"鱼龙不夜"是从一位宋代词人的"一夜鱼龙舞"化来。请问，"一夜鱼龙舞"出自哪位词人之手？

A 秦观　　B 辛弃疾　　C 赵令畤

260. 李白《忆秦娥》有"秦楼月，年年柳色，灞陵伤别"，柳永《少年游》有"参差烟树灞陵桥，风物尽前朝"。请问，词中的"灞陵"在今天的什么地方？

A 南京　　B 北京　　C 西安

261. "吾爱孟夫子，风流天下闻"，李白与孟浩然的友谊非常深厚。请问，在李白的赠别名篇《黄鹤楼送孟浩然之广陵》中，孟浩然的目的地"广陵"，是现在的哪个城市？

A 扬州　　B 南京　　C 湖州

262. "我也不登天子船，我也不上长安眠。姑苏城外一茅屋，万树桃花月满天"，这首《把酒对月歌》，是一位明代诗人对诗仙李白的"致敬"之作，也表现了诗人本身潇洒的性格。请问，这位诗人是谁？

A 解缙　　B 徐渭　　C 唐寅

263."正西风落叶下长安，飞鸣镝"，是毛泽东《满江红·和郭沫若同志》中的句子，化用了一位唐代诗人的诗句"秋风生渭水，落叶满长安"。请问，这位唐代诗人是？

A 韦庄　　　B 贾岛　　　C 戴叔伦

264. 罗大佑的经典之作《童年》中有一句经典歌词："一寸光阴一寸金，老师说过寸金难买寸光阴。"其中，"一寸光阴一寸金"出自哪首诗？

A 王贞白《白鹿洞二首》　　　B 钱福《明日歌》　　　C 颜真卿《劝学》

265. 杜牧"二十四桥明月夜，玉人何处教吹箫"，说的是哪个城市？

A 苏州　　　B 杭州　　　C 扬州

266. 陆游《诉衷情》中有："胡未灭，鬓先秋。泪空流"句，家国之悲、身世之感，字字泣血，令人唏嘘。请问，"胡未灭"的"胡"指的是历史上哪个国家的军队？

A 鲜卑　　　B 金国　　　C 匈奴

267. 在我国古代，每个月份都有一个好听的别称，这些别称也经常被写入诗中。宋之问《题大庾岭北驿》有："阳月南飞雁，传闻至此回"句。请问，"阳月"是指几月？

A 十月　　　B 九月　　　C 八月

268. 北宋黄庭坚以"闭门觅句陈无己，对客挥毫秦少游"描述了自己两位好友不同的创作特点。"秦少游"指秦观，那么"陈无己"指的是谁？

A 陈亮　　　B 陈师道　　　C 陈与义

269. "花间派"是晚唐五代词坛的重要流派,其名得自于后蜀赵崇祚所编词集《花间集》。请问,下列哪位词人不是"花间派"的代表作家?

A 温庭筠　　　B 韦庄　　　C 李煜

270. 寇准不只是北宋的一代名相,也是一位天才的早慧诗人,他的《春日登楼怀归》一诗中有"野水无人渡,孤舟尽日横"句。请问,这是化用了哪位唐代诗人的名句?

A 孟浩然　　　B 张籍　　　C 韦应物

271. 黄庭坚诗《题竹石牧牛(并引)》:"石吾甚爱之,勿遣牛砺角。"其中"砺角"的典故,在哪首诗中出现过?

A 唐韩愈《石鼓歌》　　　B 宋雷震《村晚》　　　C 宋李纲《病牛》

272. 成语"云树之思"出自下列哪首诗?

A 唐李白《沙丘城下寄杜甫》　　　B 唐杜甫《春日忆李白》　　　C 唐白居易《梦元九》

273. "商女"和"后庭"这两个典故,同时出自下列哪首诗?

A 陈叔宝《玉树后庭花》　　　B 杜牧《泊秦淮》　　　C 王安石《桂枝香》

274. "东篱"是古代诗词常用的意象,下列哪首诗词没有"东篱"?

A 唐皎然《访陆鸿渐不遇》　　　B 宋李清照《醉花阴》　　　C 宋柳永《玉蝴蝶·重阳》

275. 下列对"东篱"这一意象，理解正确的是？
A 东边的篱笆　　B 隐居的住所　　C 文人的小院

276. "南浦"是古代诗词常用的意象，下列哪首诗词没有"南浦"？
A 唐王维《送别》　　B 宋贺铸《青玉案》　　C 宋辛弃疾《祝英台近》

277. 下列与"南浦"相当的意象是？
A 东窗　　B 长亭　　C 松岗

278. "桑梓"是古代诗词常用的意象，下列哪首诗词没有"桑梓"？
A 唐孟浩然《重酬李少府见赠》　　B 宋范成大《夏日田园杂兴》　　C 清龚
自珍《己亥杂诗》

279. 宋李清照"念武陵春晚，云锁重楼"一句，用了下列哪首诗词的典故？
A 唐李白《忆秦娥》　　B 明潘碧天《桃源洞》　　C 清康有为《桃源·赠伯
芬》

280. "哀鸿"是古代诗词常用的意象，下列哪首诗词没有"哀鸿"？
A 唐李白《将进酒》　　B 唐韩愈《酬裴十六功曹巡府西驿途中见寄》　　C 清
孙文《挽刘道一》

281. 下列对"哀鸿"这一意象，理解正确的是？
A 深秋哀鸣的鸿雁　　B 传递悲情的书信　　C 哀伤流离的人们

282. "寒食"是古代诗词常出现的节气，下列哪首诗词没有写"寒食"？

A 唐韦庄《浣溪沙》　　　B 唐韩翃《同题仙游观》　　　C 宋辛弃疾《满江红·可恨东君》

283. 寒食节是为纪念哪位历史人物设立的？

A 孔子　　　B 介子推　　　C 林则徐

284. "重阳"是古代诗词常出现的节气，下列哪首诗词没有写"重阳"？

A 唐王勃《蜀中九日》　　　B 唐李白《九月十日即事》　　　C 唐白居易《暮江吟》

285. 在写重阳的诗词中出现最多的意象是？

A 荷花　　　B 菊花　　　C 梅花

286. 下列句子没有写友情的是？

A 人生不相见，动如参与商　　　B 渭北春天树，江东日暮云　　　C 相顾无相识，长歌怀采薇

287. "苟利国家生死以，岂因祸福避趋之"出自于谁的诗作？

A 林则徐　　　B 文天祥　　　C 岳飞

288. 诗人王维的称号是？

A 诗佛　　　B 诗仙　　　C 诗尊

289. 诗人李白的哲学思想是？

A 释教　　　B 道教　　　C 儒教

290. 诗人杜甫诗作的别称是？

A 诗虎　　　B 诗圣　　　C 诗史

291. 以下诗句不是抒写"怀才不遇"的是？

A 前不见古人，后不见来者　　　B 可怜夜半虚前席，不问苍生问鬼神　　　C 独坐幽篁里，弹琴复长啸

292. "孤标傲世偕谁隐"，形容的是谁？

A 薛宝钗　　　B 林黛玉　　　C 史湘云

293. "冰雪招来露砌魂"，形容的是谁？

A 薛宝钗　　　B 林黛玉　　　C 史湘云

294. "幽情欲向嫦娥诉"，形容的是谁？

A 薛宝钗　　　B 林黛玉　　　C 史湘云

295. "羽扇纶巾，谈笑间、樯橹灰飞烟灭"，所指的是哪位历史人物？

A 孙权　　　B 诸葛亮　　　C 周瑜

296. "功盖三分国，名成《八阵图》"，所指的是哪位历史人物？

A 刘备　　　B 诸葛亮　　　C 庞统

297. "年少万兜鍪，坐断东南战未休"，所指的是哪位历史人物？

A 孙权　　　B 周瑜　　　C 曹操

298. 对白居易诗"明月好同三径夜"中"三径"一典的出处，理解不正确的是？

A 蒋诩的事　　　B 陶潜的辞　　　C 孟浩然的诗

299. 王国维描述的三种学术境界中，位置居中的是？

A 衣带渐宽终不悔，为伊消得人憔悴　　　B 昨夜西风凋碧树，独上高楼，望尽天涯路　　　C 众里寻他千百度，蓦然回首，那人却在，灯火阑珊处

300. 下列诗句，与"安得身如芳草多，相随千里车前绿"的送别情怀最相近的是？

A 劝君更尽一杯酒，西出阳关无故人　　　B 请君试问东流水，别意与之谁短长　　　C 唯有相思似春色，江南江北送君归

301. 有些诗句无"明月"二字，却写出"明月"之景，下列不具有这一特点的是？

A 十轮霜影转庭梧，此夕羁人独向隅　　　B 有约不来过夜半，闲敲棋子落灯花　　　C 暮云收尽溢清寒，银汉无声转玉盘

302. 下列与"秦时明月汉时关"表现手法相同的是？

A 烟笼寒水月笼沙　　　B 明月楼高休独倚　　　C 夜吟应觉月光寒

303. 下列诗句中"阑干"的意思不同于其他两项的是？

A 梦啼妆泪红阑干　　B 沉香亭北倚阑干　　C 瀚海阑干百丈冰

304. 成语"乘风破浪"出自下列哪一首诗？

A 唐李白《行路难》　　B 唐刘禹锡《浪淘沙》　　C 唐李贺《浩歌》

305. 成语"为人说项"出自下列哪一首诗？

A 宋王安石《题乌江项王庙诗》　　B 唐项斯《赠道者》　　C 唐杨敬之《赠项斯》

306. 成语"石破天惊"出自下列哪一首诗？

A 唐陈子昂《登幽州台歌》　　B 唐李贺《李凭箜篌引》　　C 唐杜甫《寄李十二白二十韵》

307. 成语"走马观花"出自下列哪一首诗？

A 唐孟郊《登第》　　B 唐刘禹锡《赏牡丹》　　C 宋朱熹《春日》

308. 下列成语不是出自晏殊诗词的是？

A 无可奈何　　B 天涯海角　　C 人面桃花

309. 为"举头望明月"对出下句，恰当的是？

A 低头思故乡　　B 荡胸生层云　　C 俯身散马蹄

310. 下列诗句都用了"马革裹尸"的典故，作者不同于其他两项的是？
A 裹尸马革三坛祭，锡命龙章五等分　　B 裹马革心空许国，不龟手药却成功　　C 结蒲工不暇，裹革例难援

答案

1. B 张九龄

2. C 小米

3. A 试借君王玉马鞭

4. C 杜牧《赠别》

5. B 辛弃疾

6. C 明月不谙离恨苦，斜光到晓穿朱户

7. B 滁州

8. C 柳絮

9. A 白居易

10. B 楚国

11. C 长空万里，见婵娟可爱，全无一点纤凝

12. A 苔藓

13. C 李贺

14. C 新娘

15. B 唐玄宗

16. C 苏轼

17. A 白居易

18. A 辛弃疾

19. B 欲将轻骑逐，大雪满弓刀

20. A 李煜

21. B 李贺《金铜仙人辞汉歌》

22. A 梅尧臣《陶者》

23. C 韦应物

24. A 李贺

25. C 杜甫《登高》

26. C 《怨情》

27. C 面条

28. A 苌弘

29. A 李白

30. C 辛弃疾

31. B 送别的歌曲

32. C 闻说双溪春尚好，也拟泛轻舟

33. B 宫女如花满春殿，只今惟有鹧鸪飞

34. A 李煜

35. C 未能抛得杭州去，一半勾留是此湖

36. B 柳永

37. B 杜牧《过华清宫》

38. B 林逋

39. A 画家

40. A 周邦彦

41. C 杜甫

42. B 西施

43. C 李夫人和汉武帝

44. C 白居易和元稹

45. B 楚灵王

46. A 欧阳修

47. A 故人西辞黄鹤楼，烟花三月下扬州

48. C 窦宪

49. B 破筐

50. A 班超

51. B 骆宾王

52. C 指如削葱根，口如含朱丹——罗敷

53. A 王昌龄

54. A 玄都观里桃千树，尽是刘郎去后栽

55. A 嵇康

56. B 庾信

57. B 韩愈

58. C 司马相如和卓文君

59. B 晏殊《蝶恋花》

60. A 苏轼

61. C 剑门关

62. B 八百里分麾下炙，五十弦翻塞外声

63. B 足

64. C 宦官

65. B 姜太公钓鱼愿者上钩

66. A 李白

67. A 秦观

68. B 张九龄《望月怀远》

69. A 贾岛

70. A 杜牧

71. C 李白、李煜、李清照

72. C 李白

73. B 滚烫的水

74. C 杜甫

75. B 独行潭底影，数息树边身

76. A 欧阳修

77. C 李白

78. B 4 个

79. A 明珠

80. B 西湖

81. C《赠别》

82. C 苏洵、苏轼、苏辙

83. A 屈原、陶渊明、杜甫、苏轼

84. B 陆游《示儿》

85. C 洪迈

86. B 张旭

87. A 五丁开山

88. C 土地神

89. A 伤心桥下春波绿，曾是惊鸿照影来

90. C 鱼玄机

91. C 杜甫

92. A 陶渊明

93. C 王绩《野望》

94. C 陆游

95. C 元宵节

96. A 荆轲

97. C 以彼径寸茎，荫此百尺条

98. C 黄四娘

99. C 接天莲叶无穷碧，映日荷花别样红

100. A 合欢花

101. C 桂花

102. C 李白

103. C 赤壁之战

104. B 丈夫遗弃妻子

105. A 菊花

106. B 汉武帝刘彻

107. A 白居易

108. C 敲棋子

109. A 《白头吟》

110. C 介子推

111. B 陈阿娇

112. A 拟人

113. C 越王勾践卧薪尝胆

114. C 开元盛世

115. A 杨广

116. B 苏轼

117. C 余音绕梁

118. A 长安

119. C 欧阳修

120. B 蜀后主刘禅

121. B 陆游

122. C 秋天

123. B 韩愈

124. C 竹席

125. C 曹操

126. A 狡捷过猴猿，勇剽若豹螭

127. A 山随平野尽，江入大荒流

128. B 杜牧《泊秦淮》

129. B 杜牧《过华清宫》

130. A 王之涣《凉州词》

131. A 苏轼《卜算子》

132. C 平沙千里经春雪，广陌三条尽日风

133. B 酒仙李白

134. C 槛菊愁烟兰泣露，罗幕轻寒，燕子双飞去

135. B 小冰粒

136. C 兄弟

137. C 菊

138. C 奸邪之臣

139. B 诗豪

140. B 新春

141. B 一个地名

142. C 董大在家排行老大

143. A 韩愈

144. C 花蕊夫人

145. C 张先

146. B 陆游

147. A 范仲淹

148. B 秦韬玉

149. B 笛子

150. B《乐府诗集》

151. B 辛弃疾《满江红》

152. A 官位爵禄

153. B 谢朓

154. C 山远天高烟水寒

155. C 螓首

156. C 进士

157. B 司马迁

158. B 胡乐

159. B《赋得古原草送别》

160. B 孔子

161. C 弄玉

162. C 西当太白有鸟道，可以横绝峨眉巅

163. A 飞蓬各自远，且尽手中杯

164. C 李商隐

165. B 梁元帝萧绎

166. C 美貌

167. B 杨玉环

168. C 北方

169. A 因为

170. A 李商隐

171. C 闻说双溪春尚好，也拟泛轻舟

172. A 牡丹花

173. C 海棠

174. A 李白、韩愈

175. B 辛弃疾

176. A 三品以上官员的官服配饰

177. B 初七

178. A 宋齐梁陈

179. C 最是一年春好处，绝胜烟柳满皇都

180. A 纵被春风吹作雪，绝胜南陌碾成尘

181. C 春天

182. C 秋天

183. B《闻逆贼凝碧池作乐》

184. A 千古兴亡多少事，悠悠。不尽长江滚滚流

185. C 东君

186. A 鬓发斑白

187. B 马嵬坡

188. A 小邑犹藏万家室

189. B 菊花

190. A 杜甫

191. A 泰山、华山、衡山

192. B 渡口

193. C 酒家

194. B 杜甫

195. B 李白

196. A《青玉案》（凌波不过横塘路）

197. A 十三四岁

198. A 刘裕

199. B 王安石

200. C 恋人之间的情感

201. A《霓裳羽衣曲》和《六幺》

202. C 杨贵妃

203. A 张先

204. B 王维

205. A 江州

206. A 安史之乱平定

207. B 赵国

208. A 汉文帝

209. A 焚书坑儒

210. A 古琴

211. C 李清照

212. A 柳永

213. C 官职为司空的人

214. C 新丰美酒斗十千，咸阳游侠多少年

215. B 3 个

216. B《新丰吏》

217. B 晏殊

218. B 桑榆

219. C 李白

220. A 庾信、鲍照

221. B 秦观

222. C《古诗十九首》

223. C《菩萨蛮》（平林漠漠烟如织）

224. B 蔡邕

225. B 贺知章

226. A 张先

227. C 了却君王天下事，赢得生前身后名

228. C 会当凌绝顶，一览众山小

229. A 赵恒《劝学诗》

230. B 教坊歌伎

231. C 早年和晚年

232. A《黄鹤楼送孟浩然之广陵》

233. C 柳永

234. C 南唐后主李煜

235. B 李白

236. C《南浦别》

237. A《桃花扇》

238. A《诗经》和《楚辞》

239. C 七夕

240. C 青烟幂处，碧海飞金镜

241. B 陕西宝鸡

242. B 霍去病的官位

243. C 马

244. A 子规

245. C 欧阳修《蝶恋花》

246. A 范仲淹《苏幕遮》

247. B 春天

248. C 南唐

249. A《饮湖上初晴后雨》

250. C 捉柳絮

251. A 白居易和杜甫

252. A 苏轼

253. C 古稀之年

254. A 凌寒独自开

255. B 丫鬟

256. B 长江

257. B 送葬

258. B 杨贵妃的姐姐

259. B 辛弃疾

260. C 西安

261. A 扬州

262. C 唐寅

263. B 贾岛

264. A 王贞白《白鹿洞二首》

265. C 扬州

266. B 金国

267. A 十月

268. B 陈师道

269. C 李煜

270. C 韦应物

271. A 唐韩愈《石鼓歌》

272. B 唐杜甫《春日忆李白》

273. B 杜牧《泊秦淮》

274. A 唐皎然《访陆鸿渐不遇》

275. C 文人的小院

276. B 宋贺铸《青玉案》

277. B 长亭

278. B 宋范成大《夏日田园杂兴》

279. A 唐李白《忆秦娥》

280. A 唐李白《将进酒》

281. C 哀伤流离的人们

282. B 唐韩翃《同题仙游观》

283. B 介子推

284. C 唐白居易《暮江吟》

285. B 菊花

286. C 相顾无相识，长歌怀采薇

287. A 林则徐

288. A 诗佛

289. B 道教

290. C 诗史

291. C 独坐幽篁里，弹琴复长啸

292. B 林黛玉

293. A 薛宝钗

294. C 史湘云

295. C 周瑜

296. B 诸葛亮

297. A 孙权

298. C 孟浩然的诗

299. A 衣带渐宽终不悔，为伊消得人憔悴

300. C 唯有相思似春色，江南江北送君归

301. B 有约不来过夜半，闲敲棋子落灯花

302. A 烟笼寒水月笼沙

303. B 沉香亭北倚阑干

304. A 唐李白《行路难》

305. C 唐杨敬之《赠项斯》

306. B 唐李贺《李凭箜篌引》

307. A 唐孟郊《登第》

308. C 人面桃花

309. A 低头思故乡

310. B 裹马革心空许国，不龟手药却成功

第七部分　诗词线索

（明）谢时臣《蜀道图》

1. 请根据以下提示说出一首诗名

* 这是一首古老的南方情歌，抒发一个男子思慕一位少女而不可得之情；

* 作者用四种乐器之和鸣，想象与女子相亲相爱时的愉快情景；

* 诗中以一种鸟的叫声起兴；

* 诗中"窈窕淑女，君子好逑"等句尤为后人所传诵。

2. 请根据以下提示说出一首诗名

* 这是一首产生于长江流域的古老民歌，诗歌描述女子出嫁时的喜庆气氛；

* 诗人同时也寄望女子具备使家庭和睦的美好品德；

* 诗中写到一种鲜花；

* 诗人以桃花比喻新娘之美。

3. 请根据以下提示说出一首诗名

* 这是一首产生于陕西一带的古老情歌；

* 诗中的季节是在秋天，诗中提到生长在水边的一种草；

* 诗歌表现一种可望而不可即的惆怅之情；

* 因这首诗后代有"秋水伊人"的成语。

4. 请根据以下提示说出一首诗名

* 这是战国时期南方的一首诗歌，它是楚国大诗人根据民间祭歌改编而成；

* 它是十一首组诗之第九首；

* 诗中描写的是山中的景象；

* 诗中抒写山中女神等待爱人到来而不得的怅惘之情。

5. 请根据以下提示说出一首诗名

* 这是一首产生于古代南方的祭神乐歌，它是由楚国诗人改编的十一首组诗之第十首；

＊ 诗中所歌颂的是一位战神；

＊ 诗中描写战争的壮烈场面，赞颂战神的英勇气概；

＊ "身既死兮神以灵，魂魄毅兮为鬼雄"为其中名句。

6. 请根据以下提示说出一首诗名

＊ 这是一首中国古代著名的长诗，作者是战国著名的诗人；

＊ 全诗抒发诗人对理想信念的执着追求；

＊ "路漫漫其修远兮，吾将上下而求索"为其中传颂的名句之一；

＊ 此诗影响极大，故后代有"骚体"之称。

7. 请根据以下提示说出一首诗名

＊ 这是一首汉乐府民歌，作品中的女主角是一个采桑女；

＊ 作者巧妙地通过旁人的反应，描写女主人公的美貌；

＊ 女主人公以夸耀丈夫如何出众，以抵制使君的调戏；

＊ 这首民歌又名《艳歌罗敷行》或《日出东南隅行》。

8. 请根据以下提示说出一首诗名

＊ 这是一首乐府短章，是《汉铙歌十八首曲》中的一篇；

＊ 这是一段爱情的盟誓；

＊ 作品中以自然界难以想象的三组变异，表白忠贞不渝的爱情；

＊ 作品所呈现的情感特征为热烈奔放、坚贞不移。

9. 请根据以下提示说出一首诗名

＊ 这是一首乐府叙事诗，最早见于南朝徐陵的《玉台新咏》；

＊ 诗中述说了一个爱情悲剧；

＊ 明代王世贞称这首诗为"长诗之圣"；

＊《古诗为焦仲卿作》《焦仲卿妻》《孔雀东南飞》都是这首诗的名称。

10. 请根据以下提示说出一首诗名

* 这是汉代《古诗十九首》中的一首；

* 诗中抒情主人公是一位流落他乡的游子；

* 诗中的季节是在夏天，诗人以采摘花草，表达对故乡和爱人的思念之情；

* 诗人最后失望而道："同心而离居，忧伤以终老。"

11. 请根据以下提示说出一首诗名

* 这首诗是《古诗十九首》之一，诗中借用了民间一个古老的传说；

* 诗歌表达的是两情相悦而不能相会的苦恼；

* 诗中女主人公是一位织女；

* 女主人公所怀念的对象就是传说中的"牛郎"。

12. 请根据以下提示说出一首诗名

* 这是《古诗十九首》中的一首；

* 诗歌写到一座高楼，一首弦歌；

* 诗中有歌者和听者，抒发的是知音难遇的感慨；

* "不惜歌者苦，但伤知音稀"是诗中的名句。

13. 请根据以下提示说出一首诗名

* 这是《古诗十九首》中的一首，诗中提到陵墓上的一种树；

* 诗人用常青的柏树和坚固的石头与短暂的人生相比；

* 诗中还写到权贵们豪奢的生活；

* 诗人感慨人生短暂，认为要及时行乐。

14. 请根据以下提示说出一首诗名

* 这是一首乐府诗，作者是古代一位雄才大略的政治家、军事家、文学家；

* 诗歌抒发作者欲平定战乱、统一天下的政治抱负；

＊ 诗中借用《诗经》成句表达作者求贤若渴的心情；

＊ 诗中"对酒当歌，人生几何"为传诵甚广的名句。

15. 请根据以下提示说出一首诗名

＊ 这是一首以"哀伤"为题的闺怨诗，作者是建安时期著名的诗人；

＊ 诗中背景是一个月明之夜，一处高楼；

＊ 诗歌抒写一位独居闺中的思妇见弃于丈夫的哀愁；

＊ 全诗既是写实也是托讽，思妇的命运也隐喻着作者的遭遇。

16. 请根据以下提示说出一首诗名

＊ 这是一首七言乐府，一般认为这也是现存第一首完整的七言诗；

＊ 这首诗的作者是建安时期代表作家之一；

＊ 诗中的季节是在秋天；

＊ 诗歌表现独居闺中的思妇对远方游子的思念。

17. 请根据以下提示说出一首诗名

＊ 这是一组吟怀的组诗，作者是魏晋之际的著名诗人；

＊ 这组诗题旨以"隐晦""遥深"著称；

＊ 这组诗共有八十二首；

＊ 唐代陈子昂《感遇》、李白《古风》等组诗显然受其影响。

18. 请根据以下提示说出一首诗名

＊ 这是一组悼念亡妻的诗，总共有三首，最著名的是第一首；

＊ 诗中由送葬归来写起，进而入室回忆往事；

＊ 诗中对细节的描写尤为人所称道，如"流芳未及歇，遗挂犹在壁"；

＊ 作者是西晋著名诗人，他才华出众，时有"潘才如江"之誉。

19. 请根据以下提示说出一首诗名

* 这是一首五言诗，也是一首田园诗，全诗共有五首，这是其一；

* 诗人畅抒脱离"尘网"、回归自然的莫大喜悦；

* 诗中描绘出一幅村落炊烟、狗吠鸡鸣的乡野景象；

* 作者被誉为"东晋隐逸诗人之宗"。

20. 请根据以下提示说出一首诗名

* 这是一首五言古诗，吟咏一位著名的历史人物；

* 诗人对战国晚期刺杀秦王的侠客予以热烈歌颂；

* 作者是东晋时期的著名诗人；

* 这首诗与作者其他平淡自然的诗作颇不相同，有"金刚怒目"之称。

21. 请根据以下提示说出一首诗名

* 这是一首著名的山水诗；

* 作者是六朝山水诗的代表诗人，这首诗是作者在永嘉太守任上所作；

* 诗中写到一座楼；

* 诗中"池塘生春草，园柳变鸣禽"句广为后人所传诵。

22. 请根据以下提示说出一首诗名

* 这是一首南朝乐府民歌，咏唱的是青年男女的相思之情；

* 诗中有一位身着杏红单衫的女子；

* 后人评此诗为"声情摇曳而迂回"（钟惺《古诗归》）；

* 朱自清《荷塘月色》散文引到诗中"采莲南塘秋"等句。

23. 请根据以下提示说出一首诗名

* 这是一首五言律诗，也是脍炙人口的送别名篇；

* 本诗作者与其他三人被合称为"初唐四杰"；

* 诗中的地点是在长安，诗人送别的友人即将前往蜀地任职；

* 颈联"海内存知己，天涯若比邻"为千古传诵不衰的名句。

24. 请根据以下提示说出一首诗名

* 这是一首唐代的五言绝句；

* 作者与另一位诗人合称"沈宋"，其人品颇为后人所诟病；

* 当时作者从贬所泷州（今广东罗定）逃归洛阳，由襄阳渡汉江；

* 作品结尾两句与杜甫"反畏消息来，寸心亦何有"（《述怀》）有异曲同工
  之妙。

25. 请根据以下提示说出一首诗名

* 这是一首初唐的七言古诗；

* 作者论诗提倡"汉魏风骨""正始之音"，对唐代诗坛有极大影响；

* 作者代表作有《感遇》诗三十八首；

* 此诗写作者登幽州"蓟北楼"所见所感。

26. 请根据以下提示说出一首诗名

* 这是一首唐人七言绝句；

* 作者有"诗佛"之称；

* 这是作者送别朋友的诗作；

* 诗作另名《送元二使安西》。因被谱入乐府，又称《阳关三叠》。

27. 请根据以下提示说出一首诗名

* 这是一首唐代的七言绝句；

* 作者秉性旷达，自号"四明狂客"，为杜甫诗中"饮中八仙"之一；

* 作者八十六岁时因病还乡，此诗抒发诗人还乡的感慨；

* 此诗写出久别归来之乡音难改、儿童不识的真切情形。

28. 请根据以下提示说出一首诗名

* 这是一首唐代的五言绝句；

* 诗人是盛唐山水田园诗派代表人之一，李白说他"风流天下闻"；

* 此诗抒发诗人的羁旅之思，其所描述的景象在今天的新安江；

* 诗中所描绘的自然景象极为空旷澄明，历来为人所称道。

29. 请根据以下提示说出一首诗名

* 这是一首唐代的五言绝句；

* 作者与另一位诗人合称"王孟"；

* 作者是襄州襄阳人，四十岁前隐居，后往长安，应试不第，终身布衣；

* 诗中抒发诗人春夜酣睡、早晨醒来的感受，内容平易却韵味悠长。

30. 请根据以下提示说出一首诗名

* 这是一首唐代的五言律诗；

* 这首诗是作者经临洞庭湖时所作；

* 诗作前四句写眼前景象，气势磅礴，后四句抒发自己亟欲出仕的愿望；

* 诗中"气蒸云梦泽，波撼岳阳城"句堪与杜甫诗"吴楚东南坼，乾坤日夜浮"句媲美。

31. 请根据以下提示说出一首诗名

* 这是一首唐代的五言律诗；

* 这也是一首著名的田园诗；

* 作品写作者应邀到农家做客及乡村景象，在平淡中蕴含着深厚情谊；

* 作者是盛唐山水田园诗派的代表诗人之一。

32. 请根据以下提示说出一首诗名

* 这是一首唐代的五言绝句；

* 这首诗以动衬静，以局部衬全局，描绘了空旷幽静的山林景象；
* 作者诗、画、乐皆擅长，苏轼称之"诗中有画，画中有诗"；
* 诗中所述地点在今陕西蓝田终南山下，作者的辋川别业内。

33. 请根据以下提示说出一首诗名
* 这是一首唐代的五言绝句；
* 作者精通佛学，受禅宗影响很大，有"诗佛"之称；
* 作者以自然平淡的笔调，描绘在竹林里弹琴的情形，以及月夜幽林的宁
  静意境；
* 诗中地点是在作者的辋川别业内。

34. 请根据以下提示说出一首诗名
* 这是一首唐代的五言绝句；
* 这首诗托物抒情，表达相思之情；
* 作者多才多艺，诗书画都很有名，也精通音律；
* "红豆"被后人视为定情之物，与这首诗有很大的关系。

35. 请根据以下提示说出一首诗名
* 这是一首唐代的五言律诗，描写秋天夜晚雨后的山间景色；
* 作者一生往返于官场与田园之间，过着亦官亦隐的生活；
* 诗作（颔联、颈联尤为出众）于诗情画意中，寄托着诗人高洁的情怀和对
  美好境界的追求；
* 最后一联反用《楚辞》"王孙兮归来，山中兮不可以久留"语意，表现作
  者对隐居生活的喜爱。

36. 请根据以下提示说出一首诗名
* 这是一首唐代七言绝句；

* 诗人是盛唐山水田园诗派的代表性诗人之一；
* 诗作与一个传统节日有关，并反映这个节日的当时习俗；
* 诗作语言浅易，感情深沉，表达了作者怀念故乡兄弟之情。

37. 请根据以下提示说出一首诗名
* 这是一首唐代的五言绝句；
* 这也是一首千古传诵的抒情小诗；
* 作者抒发月夜中思念家乡的情怀；
* 诗人以明白如话的语言，描绘出月色如霜、思绪绵长的情景。

38. 请根据以下提示说出一首诗名
* 这是一首七言绝句
* 作者是唐代著名的边塞诗人，本诗是他的代表作之一；
* 作品描写军中生活，《唐诗三百首》编者"蘅塘退士"评曰："作旷达语，倍觉悲痛"；
* 诗中提到的美酒、酒具和乐器都与西北民族生活有关。

39. 请根据以下提示说出一首诗名
* 这是一首五言绝句；
* 作者是盛唐诗人，常与高适、王昌龄等相唱和，以善于描写边塞风光著称；
* 这首诗写作者登上山西永济的一座楼所见所感；
* 诗作末尾两句一直被后人作为追求崇高精神境界的象征。

40. 请根据以下提示说出一首诗名
* 这是一首唐代的七言绝句；
* 诗中描写了两位好友之间，一次潇洒、充满诗意的离别；
* 作者写作此诗时，正是他"酒隐安陆，蹉跎十年"期间；
* 诗中的地名非常多，除了诗题之外，诗中还有一座楼、一个城市和一条江。

41. 请根据以下提示说出一首诗名

* 这是一首唐代的七言绝句；

* 这首诗写于作者因永王李璘案流放夜郎，流放途中遇赦东返之时；

* 诗作意境开阔，气势豪迈，通篇俱见作者拨云见日的狂喜心情；

* 诗作还有一个题名：《下江陵》。

42. 请根据以下提示说出一首诗名

* 这是一首七言绝句；

* 作者是盛唐诗人，其生性豪放，常击剑悲歌，其诗多被当时乐工制曲歌唱；

* 诗作写到西北一座著名的关隘，为盛唐边塞诗的代表作之一；

* 本诗曾被章太炎推为"绝句之最"，它还与"旗亭画壁"的故事有关。

43. 请根据以下提示说出一首诗名

* 这是唐代的一首七绝名篇；

* 诗作中的季节是在暮春，地点在江南；

* 诗作写作者与一乐工老友在安史之乱后久别重逢的感慨，情感深沉厚重；

* 此诗情感深沉，清人邵长蘅曾评价说："子美七绝，此为压卷。"

44. 请根据以下提示说出一首诗名

* 这是一首唐人五言律诗；

* 作者以诗律严谨、诗风沉郁而著名，其诗有"诗史"之称；

* 这首诗写于安史之乱发生，作者羁居长安之时；

* 诗中"烽火连三月，家书抵万金"道出乱世中人的普遍心理。

45. 请根据以下提示说出一首诗名

* 这是一首唐代乐府诗；

* 作者是盛唐著名的诗人，被后人誉为"七绝圣手"；

* 诗作借歌颂汉代名将，感慨唐代御边无能人，抒发诗人的爱国激情；
* 此诗用的是乐府《横吹曲》旧题。

46. 请根据以下提示说出一首诗名
* 这是一首唐代的乐府诗；
* 作者以边塞诗闻名，因其擅长七绝，有"诗家夫子王江宁"之称；
* 这是一篇咏汉代班婕妤失宠的诗作，也是组诗五首中最出名的一首；
* 全诗大意与孟迟（一作越骎）的"君恩已尽欲何归？犹有残香在舞衣。自恨身轻不如燕，春来长绕御帘飞"极为近似。

47. 请根据以下提示说出一首诗名
* 这是一首唐代的七言绝句；
* 诗写作者在一座楼中与一位朋友作别，并托他给远方亲友带去口信；
* 诗中表达作者廉洁自守、清白为官的坚定信念；
* 我国一位著名的现代女作家的笔名，就是从此诗中得来。

48. 请根据以下提示说出一首诗名
* 这是一首唐代的七言绝句；
* 作者是"旗亭画壁"的主人公之一，尤其擅长七绝创作；
* 这首诗写闺中少妇思念从军的丈夫，在作者的宫怨、闺怨诗中尤为著名；
* 诗中呈现的是春天景象，抒写少妇后悔的心情。

49. 请根据以下提示说出一首诗名
* 这是一首唐代的五言律诗；
* 作者自号"少陵野老"，后世却尊其为"诗圣"；
* 这首诗写湖南岳阳的一座楼，与崔颢的《黄鹤楼》、王之涣的《登鹳雀楼》同为"登楼诗"；

* 诗中洞庭湖浩瀚无际的雄浑气象，寄寓着诗人家国身世之感。

50. 请根据以下提示说出一首诗名
* 这是一首唐人五言古诗；
* 诗中写的是一座山，这座山也是中国历代帝王的封禅之地；
* 全诗充满着诗人登高望远、傲视一切的雄心壮志，洋溢着蓬勃向上的朝气；
* 此诗尾联"会当凌绝顶，一览众山小"二句已成为千古绝唱。

51. 请根据以下提示说出一首诗名
* 这是一首唐代的七言律诗；
* 作者是盛唐著名诗人，此诗写于他初到成都时；
* 诗作吟咏一位历史名人，作者另一首作品《八阵图》也是吟咏的这位名人；
* 此诗借游览古迹感怀现实，抒发历代有志之士壮志未酬的悲愤心情。

52. 请根据以下提示说出一首诗名
* 这是一首唐代的乐府诗；
* 作者为唐代著名诗人，自号"青莲居士"；
* 这首诗是作者沿用六朝乐府《清商曲·吴声歌曲》旧题创作的新辞；
* 此诗为组诗四首中的第三首，写秋夜月下、捣衣声中，思妇想念远征的
  丈夫。

53. 请根据以下提示说出一首诗名
* 这是一首唐人的乐府短章，也是一首宫怨诗；
* 作者是盛唐最负盛名的诗人之一，存世诗文千余篇；
* 诗作抒写一位宫女在秋夜等待君王的临幸；
* 诗中有白露、罗袜、帘幔等意象，并通过人物动作来表达幽怨之情。

54. 请根据以下提示说出一首诗名

* 这是一首唐代的乐府诗，原诗共有三首，这是第一首；

* 作者是盛唐著名诗人，此诗为其在长安供奉翰林时所作；

* 这首诗赞美了一位女子，她被誉为我国古代四大美女之一；

* 诗中前两句以云喻衣，以花喻貌，构思尤其精巧，故传唱千古。

55. 请根据以下提示说出一首诗名

* 这是一首唐代的乐府诗，是作者奉天子之命，吟咏贵妃的作品；

* 这组诗被改编成了流行歌曲，邓丽君、王菲等都曾演唱过；

* 诗中以一种花卉比喻妃子的美貌，这种花卉常被用来作为"富贵"的象征；

* 原诗共有三首，这是第三首。

56. 请根据以下提示说出一首诗名

* 这是一首唐代的五言律诗；

* 此诗名为送别，通篇却洋溢着青春的蓬勃朝气；

* 这首诗是开元年间作者第一次离开家乡、途经长江时所作；

* 诗中"山随平野尽，江入大荒流"二句常与杜甫"星垂平野阔，月涌大
  江流"并称。

57. 请根据以下提示说出一首诗名

* 这是一首唐代的五言律诗；

* 作者是我国古代最负盛名的大诗人之一；

* 这是一首很有名的送别诗，语浅情深；

* 诗中运用了很多羁旅离别诗常用的意象，比如"孤蓬""浮云""游
  子""落日""班马"。

58. 请根据以下提示说出一首诗名

* 这是一首五言律诗；

* 诗人是开元初年洛阳人，其存世诗作不多，但这首颇为著名；

* 此诗是诗人在初春时节由楚入吴，在沿江东行途中，泊舟于江苏镇江北固山下时所作；

* 此诗颈联曾被宰相张说亲题于政事堂上，让朝士作为写作的典范，有"一句能令万古传"之称。

59. 请根据以下提示说出一首诗名

* 这是一首唐代的五言律诗；

* 诗中借月抒情，表达离乱之世的两地相思；

* 作者此时在长安，其妻儿则在鄜州（今陕西富县）；

* 此诗运用"主客移位"的手法，既写自己的思念，也设想亲人对自己的牵挂。

60. 请根据以下提示说出一首诗名

* 这是一首唐代的五言律诗；

* 作者是唐代成就最高、后世最负盛名的诗人之一；

* 此诗是作者晚年举家乘舟离开成都途中所作，诗中有长江的壮阔景象，亦有诗人漂泊孤寂的凄怆心情；

* 诗作颔联写景尤为著名，常与李白"山随平野尽，江入大荒流"并论。

61. 请根据以下提示说出一首诗名

* 这是一首唐代的七言律诗；

* 严羽《沧浪诗话》曾评此诗为"唐人七律第一"；

* 李白见到此诗曾兴叹而搁笔，其名作《登金陵凤凰台》在写法上亦模仿此诗；

* 诗中写到一座古代名楼，传说有仙人子安乘黄鹤经过此楼。

62. 请根据以下提示说出一首诗名

* 这是一首唐代的七言绝句；

* 作者是盛唐诗人，曾两次从军边塞；

* 诗写作者第一次出塞途中，遇到前往长安的使者，便托其向家人报平安；

* 诗中抒发诗人怀念长安的情思，语言朴素自然，不事雕琢。

63. 请根据以下提示说出一首诗名

* 这是一首唐代的五言律诗；

* 作者是山水田园诗派的代表诗人之一；

* 这首诗主要描写陕西境内一座山的景色；

* 诗人极写终南山之雄奇壮丽。

64. 请根据以下提示说出一首诗名

* 这是一首唐代的五言律诗；

* 诗写作者临流泛舟，所见汉江烟波浩渺、雄浑壮阔的景象；

* 欧阳修在其名作《朝中措》（屏山栏槛倚晴空）中曾直接引用此诗颔联中的一句；

* 此诗末句用"竹林七贤"之一山涛之子山简的典故。

65. 请根据以下提示说出一首诗名

* 这是一首唐代的五言律诗；

* 作者是唐代一位著名的诗人，官至尚书右丞；

* 此诗是诗人晚年所作，其中颈联尤为著名，颇有禅意；

* 此诗还有另外两个题目，分别叫《初至山中》和《入山寄城中故人》。

66. 请根据以下提示说出一首诗名

* 这是一首唐代的五言古诗；

* 作者是一位著名的诗人，余光中说他"绣口一吐就是半个盛唐"；
* 这是诗人诸多与酒相关的名作之一；
* 诗人视明月为知己，邀人影以共舞，诗思飘逸，却情感孤独。

67. 请根据以下提示说出一首诗名
* 这是一首唐代的七言古诗；
* 这首诗是唐玄宗天宝末年诗人在宣城的一座楼上饯别友人所作；
* 这座楼与一位南齐著名诗人相关；
* 歌曲《新鸳鸯蝴蝶梦》的歌词中即化用这首诗的前两句。

68. 请根据以下提示说出一首诗名
* 这是一首著名的唐代七言古诗；
* 这是一首记梦诗，也是一首游仙诗；
* 这首诗还有一个题目：《别东鲁诸公》；
* 诗人"梦游"的山在今浙江新昌东。

69. 请根据以下提示说出一首诗名
* 这是一首唐代的七言乐府，作者在乐府古题的基础上有所创新，用了大量散文化的句式；
* 这首诗是唐玄宗天宝初年，作者自秦入蜀时所作；
* 全诗充满诗人天马行空般的想象，具有浓厚的浪漫主义色彩；
* 作者极力描绘入蜀道路的奇丽险峻，也暗喻着世道之艰难。

70. 请根据以下提示说出一首诗名
* 这是一首唐代的七言乐府，原诗共三首，这是第一首；
* 这首诗写于天宝年间作者被"赐金放还"、离开长安的时候；
* 作者以两位著名历史人物吕尚和伊尹的经历激励自己，表现对政治理想

的执着追求；

* 诗的最后两句往往用来表现理想终究会实现的坚定信念。

71. 请根据以下提示说出一首诗名

* 这是一首唐代的七言乐府，诗题本是汉乐府短箫铙歌的曲调；
* 全诗大开大阖却又收放自如，颇能体现诗人放任不羁的性格特征；
* 诗作以七言为主，杂以三、五、十言句，节奏疾徐交变，句子参差错落；
* 这是作者于天宝年间，在嵩山好友元丹丘处所作。

72. 请根据以下提示说出一首诗名

* 这是一首唐代的七言律诗；
* 这首诗抒写作者得知安史之乱被平定的喜悦心情；
* 后代诗论家论及此诗，称为作者"生平第一首快诗也"；
* 此诗尾联采用流水对，生动传达出诗人预想返乡过程的欢娱之情。

73. 请根据以下提示说出一首诗名

* 这是一组元代的套曲，作者是著名的元杂剧家，为"元曲四大家"之一；
* 作品自述心志，表现作者狂放不羁的个性；
* 这套散曲的宫调为"南吕"；
* 作者在套曲中称自己是"蒸不烂、煮不熟、捶不匾、炒不爆、响珰珰一粒铜豌豆"。

74. 请根据以下提示说出一首诗名

* 这是一首著名的散曲小令，作者是元代散曲家，撰有《汉宫秋》等著名杂剧；
* 曲作描绘出一幅萧瑟而自然的秋暮景象，借以抒发游子的苍茫情怀；
* 王国维称其为"纯是天籁"；

* 元代周德清在《中原音韵》中称之为"秋思之祖"。

75. 请根据以下提示说出一首诗名
* 这是一首散曲名篇，作者是元代的名臣，也是著名的散曲家；
* 此作是作者在陕西时目睹衰乱现实的怀古之作；
* 作者以《山坡羊》曲牌写下七题九首，这是其中一首；
* "兴，百姓苦；亡，百姓苦"，道出千百年来百姓的心声。

76. 请根据以下提示说出一首诗名
* 这是一首清代的情词，作者是清初的著名诗人；
* 词作内容是对一段秋江夜雨、同舟共渡往事的回忆；
* 这段往事是发生在浙江一带的山水之间；
* 词作者所怀念的对象是其冯姓妻妹。

77. 请根据以下提示说出一首诗名
* 这是一首清代的小令，词作者是满族人；
* 词作写于出山海关向盛京（今辽宁沈阳）进发的途中；
* 作者在词中描绘了塞外风光，兼写身处军旅之中的思乡之情；
* 词中"夜深千帐灯"一句尤为王国维所激赏，称作"千古壮观"景象。

78. 请根据以下提示说出一首诗名
* 这首诗见于中国四大名著之一，是小说中女主角吟唱的一首歌行体诗；
* 这首诗见于这部名著的第二十七回；
* 诗中作者藉咏花悲挽青春，喟叹命运；
* 诗作表现女主角"质本洁来还洁去"的高洁品质。

79. 请根据以下提示说出一首诗名

* 这是《红楼梦》中的一首诗歌，出现于《红楼梦》第一回；

* 诗作道出世事荣枯不定和无常，也藉此预示荣、宁二府的兴衰命运；

* 这首歌是小说作者借跛足道人之口唱出；

* 金陵乡绅甄士隐听了这首歌后，作《好了歌注》。

80. 请根据以下提示说出一首诗名

* 这是当代伟人填写的一首词，也是一首赠答词；

* 这首词作于 1957 年；

* 词作表达作者对亡妻与故友的悼念之情和崇高敬意；

* 这首词的词牌为"蝶恋花"。

81. 根据以下线索，说出一位诗人

* 他是三国时期杰出的政治家、军事家；

* 他"鞍马间为文"，"横槊赋诗"；

* 他的诗被誉为"如幽燕老将，气象沉雄"；

* 他写出"老骥伏枥，志在千里。烈士暮年，壮心不已"的诗句，激励人心。

82. 根据以下线索，说出一位诗人

* 他聪明绝顶，却身矮貌丑；

* 他是"建安七子"之首；

* 他在战乱中创作了悲凉感人的《七哀诗》；

* 他的《登楼赋》与曹植的《洛神赋》，代表了建安辞赋的最高成就。

83. 根据以下线索，说出一位诗人

* 他祖父是"淝水之战"的前敌指挥之一；

* 他喜欢足登木屐游山；

* 他被称为山水诗的"开山祖师";
* "池塘生春草,园柳变鸣禽",是他妙手偶得的名句。

84. 根据以下线索,说出一位诗人
* 他和妹妹都是才华横溢的诗人;
* 他的诗歌充满了贫士失意不平之气;
* 他的五七言乐府诗在南朝刘宋时成就最高;
* 他的代表作是十八首《拟行路难》。

85. 根据以下线索,说出一位诗人
* 他最早说"好诗圆美流转如弹丸";
* 他是"永明体"诗的开创者之一;
* 李白对他无限推崇;
* 他的名句"余霞散成绮,澄江静如练"千古传诵。

86. 根据以下线索,说出一位诗人
* 闻一多先生说他"天生一副侠骨,专喜打抱不平";
* 他创作了描写唐代长安上层社会生活的长篇歌行《帝京篇》;
* 他受人诬陷,写作了《在狱咏蝉》;
* 暮年追随徐敬业起兵反武则天,写下了武后也赞赏的《讨武曌檄》。

87. 根据以下线索,说出一位诗人
* 他自幼聪敏过人,学力深厚,时誉"神童";
* 他是"初唐四杰"之首;
* 他二十五岁写出《滕王阁序》,千古传诵;
* 二十七岁往交趾探望父亲,不幸溺死海上。

88. 根据以下线索，说出一位诗人

* 他爱国忧民，不畏强暴，有远见卓识；
* 他在唐代最先提出了以复古为革新的诗歌理论；
* 他的主要作品是《感遇》三十八首；
* 他的《登幽州台歌》引发古今志士仁人的强烈共鸣。

89. 根据以下线索，说出一位诗人

* 他是继张说之后的唐朝开元名相；
* 他说安禄山有狼子野心，不应留下后患；
* 他创作了寄兴深远的《感遇》十二首和《杂诗》五首；
* 他的《望月怀远》是唐诗的珍品。

90. 根据以下线索，说出一位诗人

* 他爱"歌从军，吟出塞"，可惜只留下六首绝句；
* 传说他曾与王昌龄、高适在酒楼饮酒听歌，比赛谁的诗被歌妓唱得多；
* 他的诗句"欲穷千里目，更上一层楼"表现了积极进取的精神；
* 他的《凉州词》（黄河远上白云间）被评为唐代边塞诗中七绝的"压卷之作"。

91. 根据以下线索，说出一位诗人

* 他是盛唐人，早年豪爽任侠，后曾隐居嵩山十年；
* 他在及第后高唱"男儿立身须自强"；
* 他表现音乐感受和刻画豪杰性格的几首诗很出色；
* 他的《古从军行》抒写战争灾难，企盼边塞和平，格调苍凉悲壮。

92. 根据以下线索，说出一位诗人

* 他是初、盛唐间名扬上京的"吴中四士"之一；

*他因老病还乡，唐玄宗诏赐镜湖剡川一曲；
*他的《咏柳》诗创造了"二月春风似剪刀"的妙喻；
*他的《回乡偶书》抒写乡愁，流传广远。

93. 根据以下线索，说出一位诗人
*在"吴中四士"中，他的性格尤为狂放；
*他的诗歌构思新巧，情调浪漫，善创清回意境；
*他今仅存 6 首绝句，《桃花溪》与《山行留客》都是佳作；
*他是唐代草书大家，时号"草圣"。

94. 根据以下线索，说出一位诗人
*他从小就仰慕隐居家乡鹿门山的庞德公；
*他多次应举落第，以布衣终其一生；
*他与王维并称，以写山水田园诗擅长；
*李白作诗赞赏他："高山安可仰，徒此揖清芬。"

95. 根据以下线索，说出一位诗人
*他是盛唐杰出的文学家、音乐家、书法家、画家、画论家，又精通禅理；
*他早期写了不少豪侠诗、边塞诗、从军诗，有"大漠孤烟直，长河落日
   圆"等名句；
*他抒写隐逸情怀的山水田园诗，是诗情、画意、禅理与音乐美的交融；
*他被誉为"诗佛"，与"诗仙"李白和"诗圣"杜甫鼎足而三。

96. 根据以下线索，说出一位诗人
*他曾任江宁丞，后被贬龙标（今湖南黔阳）尉，安史之乱中被人杀害；
*李白听到他被贬龙标时，寄诗慰问道："我寄愁心与明月，随风直到夜郎
   西"；

* 他的边塞诗、闺思宫怨诗与送别诗多是七绝，世称"诗家夫子""七绝圣手"；
* 他的七绝《出塞》（秦时明月汉时关）被明人李攀龙推奖为唐人七绝的压卷之作。

97. 根据以下线索，说出一位诗人
* 他是初、中唐之交人，"吴中四士"之一；
* 他的生平事迹不详，只知是扬州人，做过兖州兵曹；
* 他仅存两首诗，清代王闿运称他为"孤篇横绝，竟为大家"；
* 他的一首七言歌行《春江花月夜》，将青春、爱情与人生哲理、宇宙奥秘融为一体，意境空明纯美，被近人闻一多赞为"诗中的诗"。

98. 根据以下线索，说出一位诗人
* 他是盛唐人，两度从军出塞，晚年任嘉州刺史；
* 他写塞外风光与军旅生活的诗歌，豪放昂扬，雄奇壮丽；
* 历代诗论家主要以"奇"字评赞他的诗：奇情奇景、奇思奇意、奇境奇语；
* 他以"忽如一夜春风来，千树万树梨花开"描写塞外八月飞雪，奇丽浪漫，真是妙手回春。

99. 根据以下线索，说出一位诗人
* 他是唐大历、贞元年间人，籍贯宣城，生于洛阳；
* 他写安史之乱后景象，有"楚国苍山古，幽州白日寒"之句；
* 他有"细雨湿衣看不见，闲花落地听无声"之联，状景细腻，对仗工致；
* 他兼善五七言诗，尤长五言，自诩"五言长城"。

100. 根据以下线索，说出一位诗人
* 他的曾祖父当过武则天的宰相，他做过唐玄宗的近侍三卫郎；

* 他中年丧妻，写了十几首悼亡诗，凄恻哀婉，非常感人；
* 他喜爱具明媚宁静美的绿色，诗集中用了五六十个"绿"字；
* 他任滁州刺史时，有"身多疾病思田里，邑有流亡愧俸钱"一联诗，被赞为"仁者之言"。

101. 根据以下线索，说出一位诗人
* 他是晚唐人，出生在世代仕宦又有浓厚文化氛围的家庭；
* 他胸怀济世安民大志，好谈兵，多才多艺，工诗文，能书画；
* 他写景抒情与怀古咏史的七律和七绝明丽俊爽，又含蓄委婉；
* 他的《阿房宫赋》想象奇丽，辞采华美，议论精警，脍炙人口。

102. 根据以下线索，说出一位诗人
* 他是晚唐人，号玉谿生，又号樊南生；
* 他创作了《行次西郊》这首怀古伤今、忧国忧民的一百韵长诗；
* 他的七律诗《无题》深情绵邈，有很高的艺术造诣；
* 他的诗句"春蚕到死丝方尽，蜡炬成灰泪始干"，比喻中寓象征，表现至死不渝的爱情，融入人生感受，千古传诵。

103. 根据以下线索，说出一位诗人
* 他是宋初人，世为农家，以磨面为生；
* 他为官耿直敢言，针砭时弊，曾三次遭受贬谪；
* 他大力发扬杜甫、白居易诗歌关注现实、关怀民瘼的精神；
* 他的《村行》诗中有"万壑有声含晚籁，数峰无语立斜阳"一联，奇警有味。

104. 根据以下线索，说出一位词人
* 他是北宋人，七岁能文，以"神童"扬名，入仕后官至宰相；

* 他诗词兼擅，诗属西昆体，词成就更高；
* 他的词深蕴理致。王国维称赏其"昨夜西风凋碧树。独上高楼，望尽天涯路"几句，用来比做创业治学的"第一境界"；
* 他的词多有警句，如"无可奈何花落去，似曾相识燕归来"，历代传诵。

105. 根据以下线索，说出一位诗人
* 他是北宋安徽宣城人，科场失意，五十岁才得赐同进士出身；
* 他说好诗要"意新语工"，"状难写之景如在目前，含不尽之意见于言外"；
* 他的"野凫眠岸有闲意，老树着花无丑枝"，显示出宋诗平淡、悠闲、理趣与老境之美；
* 他被誉为宋诗的"开山祖师"。

106. 根据以下线索，说出一位诗人
* 他是北宋开封人，因支持范仲淹政治革新，被政敌诬陷，革职除名；
* 他后来流寓苏州，筑沧浪亭，自号沧浪翁；
* 他的诗感情奔放，笔力豪健，超迈横绝，与同时代另一位著名诗人梅尧臣诗风迥异；
* 他的七绝杰作《淮中晚泊犊头》，以"满川风雨看潮生"之句，抒发出渴望做改革弄潮儿的激情。

107. 根据以下线索，说出一位诗人
* 他是北宋钱塘（今浙江杭州）人，结庐西湖孤山，种梅养鹤，不娶不仕，人称"梅妻鹤子"；
* 他主要用五律和七律描绘杭州湖山胜景，表现隐士情趣，诗风高逸淡远；
* 他的写景诗句，如"阴沉画轴林间寺，零落棋枰葑上田"，显示钱塘风物特色，巧于取譬；
* 他的咏梅诗句如"疏影横斜水清浅，暗香浮动月黄昏"，化用南唐江为残句，改"竹影"为"疏影"，易"桂香"为"暗香"，刻画出梅花的骨秀

神清，很受人爱赏。

108. 根据以下线索，说出一位词人

* 他是北宋吴兴（今浙江湖州）人，性格开朗乐观，一生与歌酒相伴，享寿八十九岁；

* 他的词创作，上结晏殊、欧阳修之局，下开苏轼、秦观之先；

* 他在词中写少妇离愁，有"沉恨细思，不如桃杏，犹解嫁东风"句，无理而妙，一时盛传；

* 他写了"心中事、眼中泪、意中人"，人称他"张三中"。他说，我还写了"云破月来花弄影""娇柔懒起，帘压卷花影""柳径无人，堕风絮无影"，为何不叫"张三影"呢？

109. 根据以下线索，说出一位词人

* 他是北宋钱塘（今浙江杭州）人，自号清真居士；

* 他在徽宗朝任大晟府提举，审古乐，创新调，对词乐的提高与发展做出了贡献；

* 他善于摹写人的情态，描状景物曲尽其妙，章法结构开阖多变，又擅长化用前人诗句；

* 他的《苏幕遮》上片"叶上初阳干宿雨。水面清圆，一一风荷举"数句，王国维评赞"此真能得荷花之神理"。

110. 根据以下线索，说出一位词人

* 他是晏殊的第七子；

* 他以小令词驰名，有《小山词》；

* 他有较多描写梦境的佳作，如"梦魂常在分襟处"，"梦魂惯得无拘检，又踏杨花过谢桥"；

* 他的"落花人独立，微雨燕双飞"两句，借用五代翁宏《春残》句，贴切自然，如同己出，广为传颂。

111. 根据以下线索，说出一位词人

* 他是北宋人，号庆湖遗老，貌极丑，人称"贺鬼头"；

* 他在词坛开创了兼具秾丽与雄奇的贺方回体；

* 他的《六州歌头》（少年侠气）抒写从军杀敌的豪情，是其词集的压卷之作；

* 他写了"若问闲愁都几许？一川烟草，满城风絮，梅子黄时雨"，连用三喻写愁，兴中有比，因此被称为"贺梅子"。

112. 根据以下线索，说出一位诗人

* 他是南宋吴郡（今江苏苏州）人，自号石湖居士；

* 他与陆游、杨万里、尤袤并称"中兴四大诗人"；

* 他忧国忧民，曾出使金国，一路上写下了72首纪事诗和日记《揽辔录》；

* 他创作了《四时田园杂兴六十首》，是古代田园诗集大成的经典之作。

113. 根据以下线索，说出一位诗人

* 他是南宋江西吉水人；

* 他忧国忧民，秉性刚直，一生沉沦下僚；

* 钱锺书先生评赞他"擅写生，如摄影之快境"；

* 他独创出活泼明快、饶有奇趣的"诚斋体"诗，如"小荷才露尖尖角，早有蜻蜓立上头"。

114. 根据以下线索，说出一位词人

* 他是南宋鄱阳（今江西鄱阳）人，号白石道人；

* 他多才多艺，擅诗文、音乐、书画，尤工词学；

* 他作词构思新颖，用字奇警，音节谐美，以"清空"词风独树一帜；

* 他的自度曲《暗香》和《疏影》，借咏梅寄寓个人身世之感与国家兴亡之悲。

115. 根据以下线索，说出一位词人

* 他是南宋四明（今浙江宁波）人，号梦窗；

* 他今存词三百余首，其数量在两宋词人中仅次于辛弃疾；

* 他的词多写个人爱情悲剧，也有忧怀国事之作。其艺术特色是密丽深曲，也有明朗疏快之篇；

* 《莺啼序》是最长的慢词，有 240 字，他写了三首，其中一首抒写他与杭州女子的悲欢离合，缠绵悱恻，泪痕渗纸。

116. 根据以下线索，说出一位诗人

* 他是宋末江西吉安人，我国历史上著名的民族英雄；

* 他在南宋危亡之际率师抗战，兵败被俘，坚贞不屈，于燕京从容就义；

* 他在燕京狱中写的五古长篇《正气歌》，讴歌"正气"，即大义凛然的爱国精神和民族气节，慷慨悲壮，感人至深；

* 他的诗句"人生自古谁无死，留取丹心照汗青"激励了无数爱国志士。

117. 根据以下线索，说出一位词人

* 他是宋末元初人，生于杭州，号玉田；

* 他早期作《南浦·春水》，有"荒桥断浦，柳阴撑出扁舟小"句，脍炙人口，时人誉为"张春水"；

* 他后来作《解连环·孤雁》，有"写不成书，只寄得、相思一点"，借孤雁表达家国之痛、相思之苦，又被称为"张孤雁"；

* 他著《词源》二卷，首创"清空"之论，探讨诗词的音律、技巧、风格，是一部有系统的词学理论专著。

118. 根据以下线索，说出一位词人

* 他是宋末元初人，生于阳羡（今江苏宜兴），宋亡后隐居于太湖中的竹山，自号竹山；

* 他的词抒写亡国之恨，但更多、更精彩的是抒发身世之感和日常生活情

事之作；
* 他的词风格多样，有接近苏、辛的豪放悲壮，也有类似周、姜的典丽清空，还有学李清照、吴文英的；
* 他的《虞美人·听雨》借听雨分别概括少年、壮年、晚年的经历和遭际。现代诗人余光中的《乡愁》，显然学了此词的艺术构思。

119. 根据以下线索，说出一位诗人
* 他是金代太原秀容（今山西忻州）人，号遗山，祖先出于北魏鲜卑拓跋氏；
* 他存诗一千四百余首，在金代诗坛上首屈一指；
* 他的"纪乱诗"抒写亡国之痛，雄浑悲壮，动人心魄，其中的七律深得杜甫七律精髓；
* 他有《论诗绝句三十首》，评论历代重要诗人与诗派，主张天然纯朴，提倡豪放刚健，其自身也是优美的诗歌。

120. 根据以下线索，说出一位诗人
* 他是元代后期雁门（今山西代县）人，回族；
* 他以写宫词和乐府诗著名，有自然生动的清新之气；
* 他一生遍历南北，描写各地山水景物和民俗风情的诗也很出色；
* 他也善于写词，毛泽东曾引用过他的《念奴娇·石头城》。

121. 根据以下线索，说出一位诗人
* 他是明初长洲（今江苏苏州）人，号青丘子；
* 他因辞官触怒朱元璋，被腰斩于南京，年仅三十九岁；
* 他博学工诗，诗风清新超拔，各体俱擅，尤长于歌行体；
* 他的登览怀古杰作《登金陵雨花台望大江》，表达了"从今四海永为家，不用长江限南北"的心愿。

122. 根据以下线索，说出一位诗人

* 他是明代苏州人，自称江南第一风流才子；

* 他也是画家，在画坛与沈周、文徵明、仇英合称"明四家"；

* 他的诗抒写真性灵，不避俚俗，不计工拙，随意挥洒，如"立锥莫笑无余地，万里江山笔下生"，"生涯画笔兼诗笔，踪迹花边与柳边"；

* 他特别喜欢桃花，晚年住在苏州桃花坞，自称"桃花仙人"，作七言歌行《桃花庵歌》。

123. 根据以下线索，说出一位诗人

* 他是元末浙江诸暨人，出身农家，白天放牛，晚上到佛寺长明灯下读书；

* 他能诗善画，兼能治印，相传以花乳石作印材，自他创始；

* 他的七言歌行《秋夜雨》，学习杜甫《茅屋为秋风所破歌》，揭露黑暗社会，热望光明未来；

* 他最擅长画淡墨梅花，作《墨梅》诗云："不要人夸好颜色，只留清气满乾坤。"

124. 根据以下线索，说出一位诗人

* 他是明代登州（今山东蓬莱）人，将门之后，著名的抗倭将领和军事家；

* 他领导东南沿海军民抗倭，历时十余年，屡摧倭寇。后又在北方蓟州驻守十六年，边寇不敢侵扰；

* 他的诗描写军旅生活，抒发报国情怀，苍劲豪壮，慷慨激昂；

* 他擅长七律与七绝，七律如《盘山绝顶》，七绝如《马上行》都是佳作。

125. 根据以下线索，说出一位诗人

* 他是明代绍兴人，号青藤道人。在任浙闽总督的幕客时，于抗倭军事斗争多所策划；

* 他的诗文与戏曲皆不拘一格，奇恣纵肆，戛戛独造，每有逸出礼法处；

* 他的花鸟画重神似写意，行草书狂放有力；

* 他的《杨妃春睡图》诗，以"一团红玉沉秋水"妙喻杨妃沉睡之美；《题葡萄图》的"笔底明珠无处卖，闲抛闲掷野藤中"，运用象征手法表达怀才不遇的牢骚。

126. 根据以下线索，说出一位诗人

* 他与王世贞同为明代文坛"后七子"领袖；
* 他家有白雪楼，延纳天下文士，饮酒赋诗，极一时之盛；
* 他的七律如《杪秋登太华山绝顶》四首，沉着雄浑；
* 他的七绝被称赞为"有神无迹，语近情深"，如送别诗友谪赴江西云："谁向孤舟怜逐客，白云相送大江西。"

127. 根据以下线索，说出一位诗人

* 他是明代"后七子"的领袖之一，也是"后七子"复古理论集大成者；
* 他的诗文集合起来近四百卷，卷帙浩繁，罕有其匹；
* 他的拟古之作比"后七子"其他人更显得锻炼精纯，神情四溢；
* 他的五律与七绝有不少抒写性灵、极显才情与个性之作，如《登太白楼》《戚将军赠宝剑歌》等。

128. 根据以下线索，说出一位诗人

* 他是明末华亭（今属上海松江）人，九岁即能诗文，有"神童"之称；
* 他十四岁就随父亲、老师起兵抗清，十七岁被捕，坚贞不屈，壮烈殉国；
* 他被捕至就义的两个多月间写下诗集《南冠草》，是血泪凝结、充满爱国激情的杰作；
* 《南冠草》中的五律《别云间》，抒写对故乡的依恋和誓死复国的心志，尾联曰："毅魄归来日，灵旗空际看！"

129. 根据以下线索，说出一位诗人

* 他是江苏常熟人，自号牧斋，为明清之际文坛宗主；

* 清兵南下，他作为礼部尚书，率先迎降。以后，却秘密进行反清斗争，忏悔自赎；

* 他的诗博采杜甫、白居易、陆游诸家之长，本于性情，立足现实，博大宏肆，浑融变化，开创有清一代诗风；

* 他写了大型的七律组诗《后秋兴》，连叠杜诗原韵至十三叠104首，是创造性的史诗巨制，显示出炉火纯青的艺术造诣。

130. 根据以下线索，说出一位诗人

* 他是江苏太仓人，号梅村，在明清之际诗坛，与钱谦益、龚鼎孳并称"江左三大家"；

* 他的诗主要抒写黍离之痛与失节仕清之悲；

* 他从白居易和元稹的歌行中吸取艺术营养，创造出一种突出叙事写人、情节有传奇性、抒情味浓郁、辞采华艳的七言歌行，后人称"梅村体"；

* 以吴三桂、陈圆圆故事为题材的《圆圆曲》是"梅村体"的代表作。"恸哭六军俱缟素，冲冠一怒为红颜"，议论精警，千古传诵。

131. 根据以下线索，说出一位词人

* 他是清初江苏宜兴人，号迦陵；

* 他一生作词四百余调、一千八百余首，其中长调慢词近千首，其数量居古今词人之冠；

* 他词中反映明末清初天下事，抒身世之感与民生之哀，无愧"词史"之称；

* 他继承苏、辛豪放词风，大胆探索以诗、文、曲为词，集结一批阳羡词派词人，为词的振兴做出了重要贡献。

132. 根据以下线索，说出一位诗人

* 他是清代新城（今山东桓台）人，号阮亭，又号渔洋山人，是康熙朝数十

年诗坛盟主；

* 他创"神韵说"，要求诗歌含蓄深蕴，提倡清幽淡远、富于诗情画意境界，以唐代王、孟诗为典范；
* 他的诗主要写山水风月，风格清新淡远，语言明秀，音节谐美；
* 他的成名作七律《秋柳四首》，借秋柳凋伤的意象，表现朝代更替、物是人非的幻灭感。

133. 根据以下线索，说出一位词人
* 他是满洲正黄旗人，康熙朝太傅明珠的长子；
* 他的《饮水词》多写爱情与悼亡，情调哀郁凄凉；
* 他的词表现情感细腻、丰富、鲜活，善用白描，真挚自然，婉丽清新；
* 清代况周颐《蕙风词话》称他是"国初第一词人"，王国维《人间词话》更赞为"北宋以来，一人而已"。

134. 根据以下线索，说出一位诗人
* 他是钱塘（今浙江杭州）人，生活于清代乾、嘉间，因居南京小仓山随园，世称随园先生；
* 他论诗标举"性灵说"，宣扬性情至上，情欲合理，强调作诗要表现出诗人的独特个性；
* 他的诗题材广泛，敢于突破传统，清灵隽妙，个性鲜明；
* 他写山水的七古长篇如《同金十一沛恩游栖霞寺望桂林诸山》奇幻酣畅；怀古咏物的小诗如《马嵬》《苔》清新灵巧。

135. 根据以下线索，说出一位诗人
* 他是江苏阳湖（今江苏常州）人，其诗名与袁枚、蒋士铨并称"乾隆三大家"。他又是史学家；
* 他论诗崇尚性灵，重创新，自信"江山代有才人出，各领风骚数百年"；
* 他的诗真率诙谐，雄奇豪放，喜议论，善用典；

* 他的山水诗如五绝《澜沧江》"绝壁积铁黑，路作之字折。下有百丈洪，怒喷雪花热"，奇险精警；咏史诗如七律《赤壁》，吊古伤今，韵味深长。

136. 根据以下线索，说出一位诗人
* 他是清代乾、嘉间江苏兴化人，擅长书画，为"扬州八怪"之一；
* 他任知县饶有政声，因岁饥为民请济，不获允，便毅然辞官而归；
* 他有许多诗反映民生疾苦，揭露现实黑暗，如"衙斋卧听萧萧竹，疑是民间疾苦声"；
* 他有不少抒发才情、表现磊落、坚劲人格之作。如"千磨万击还坚劲，任尔东西南北风"（《竹石》）。

137. 根据以下线索，说出一位诗人
* 他是晚清贵州遵义人，号柴翁，在宋诗派中创作成就较高；
* 他的诗不避琐细俚俗，多方面真切地表现贫士生活和心态，具有浓郁的乡土气息；
* 他的诗歌语言朴瘦坚劲、洗练奇崛，描绘湘鄂滇黔山水的诗刻画真切生动；
* 陈衍评赞他的诗"历前人未历之境，状人所难状之景"。

答案

1.《诗经·周南·关雎》

  关关雎鸠,在河之洲。窈窕淑女,君子好逑。

  参差荇菜,左右流之。窈窕淑女,寤寐求之。

  求之不得,寤寐思服。悠哉悠哉,辗转反侧。

  参差荇菜,左右采之。窈窕淑女,琴瑟友之。

  参差荇菜,左右芼之。窈窕淑女,钟鼓乐之。

2.《诗经·周南·桃夭》

  桃之夭夭,灼灼其华。之子于归,宜其室家。

  桃之夭夭,有蕡其实。之子于归,宜其家室。

  桃之夭夭,其叶蓁蓁。之子于归,宜其家人。

3.《诗经·秦风·蒹葭》

  蒹葭苍苍,白露为霜。所谓伊人,在水一方。

  溯洄从之,道阻且长。溯游从之,宛在水中央。

  蒹葭萋萋,白露未晞。所谓伊人,在水之湄。

  溯洄从之,道阻且跻。溯游从之,宛在水中坻。

  蒹葭采采,白露未已。所谓伊人,在水之涘。

  溯洄从之,道阻且右。溯游从之,宛在水中沚。

4.《楚辞·九歌·山鬼》

  若有人兮山之阿,被薜荔兮带女萝。

  既含睇兮又宜笑,子慕予兮善窈窕。

  乘赤豹兮从文狸,辛夷车兮结桂旗。

  被石兰兮带杜衡,折芬馨兮遗所思。

  余处幽篁兮终不见天,路险难兮独后来。

  表独立兮山之上,云容容兮而在下。

  杳冥冥兮羌昼晦,东风飘兮神灵雨。

  留灵修兮憺忘归,岁既晏兮孰华予。

  采三秀兮于山间,石磊磊兮葛蔓蔓。

  怨公子兮怅忘归,君思我兮不得闲。

  山中人兮芳杜若,饮石泉兮荫松柏,

君思我兮然疑作。

雷填填兮雨冥冥，猿啾啾兮狖夜鸣。

风飒飒兮木萧萧，思公子兮徒离忧。

5.《楚辞·九歌·国殇》

操吴戈兮被犀甲，车错毂兮短兵接。

旌蔽日兮敌若云，矢交坠兮士争先。

凌余阵兮躐余行，左骖殪兮右刃伤。

霾两轮兮絷四马，援玉枹兮击鸣鼓。

天时坠兮威灵怒，严杀尽兮弃原野。

出不入兮往不反，平原忽兮路超远。

带长剑兮挟秦弓，首身离兮心不惩。

诚既勇兮又以武，终刚强兮不可凌。

身既死兮神以灵，魂魄毅兮为鬼雄。

6.《离骚》（节选）　作者：屈原

长太息以掩涕兮，哀民生之多艰。

余虽好修姱以鞿羁兮，謇朝谇而夕替。

既替余以蕙纕兮，又申之以揽茝。

亦余心之所善兮，虽九死其犹未悔。

怨灵修之浩荡兮，终不察夫民心。

众女嫉余之蛾眉兮，谣诼谓余以善淫。

固时俗之工巧兮，偭规矩而改错。

背绳墨以追曲兮，竞周容以为度。

忳郁邑余侘傺兮，吾独穷困乎此时也。

宁溘死以流亡兮，余不忍为此态也。

鸷鸟之不群兮，自前世而固然。

何方圜之能周兮，夫孰异道而相安？

屈心而抑志兮，忍尤而攘诟。

伏清白以死直兮，固前圣之所厚。

悔相道之不察兮，延伫乎吾将反。

回朕车以复路兮，及行迷之未远。

步余马于兰皋兮，驰椒丘且焉止息。

进不入以离尤兮，退将复修吾初服。

制芰荷以为衣兮，集芙蓉以为裳。

不吾知其亦已兮，苟余情其信芳。

高余冠之岌岌兮，长余佩之陆离。

芳与泽其杂糅兮，唯昭质其犹未亏。

忽反顾以游目兮，将往观乎四荒。

佩缤纷其繁饰兮，芳菲菲其弥章。

民生各有所乐兮，余独好修以为常。

虽体解吾犹未变兮，岂余心之可惩。

7.《陌上桑》

日出东南隅，照我秦氏楼。

秦氏有好女，自名为罗敷。

罗敷喜蚕桑，采桑城南隅。（喜蚕桑：一作善蚕桑）

青丝为笼系，桂枝为笼钩。

头上倭堕髻，耳中明月珠。

缃绮为下裙，紫绮为上襦。

行者见罗敷，下担捋髭须。

少年见罗敷，脱帽著帩头。

耕者忘其犁，锄者忘其锄。

来归相怨怒，但坐观罗敷。（相怨怒：一作相怒怨）

使君从南来，五马立踟蹰。

使君遣吏往，问是谁家姝？

"秦氏有好女，自名为罗敷。"

"罗敷年几何？""二十尚不足，十五颇有余。"

使君谢罗敷："宁可共载不？"

罗敷前致辞："使君一何愚！使君自有妇，罗敷自有夫！"

"东方千余骑，夫婿居上头。

何用识夫婿？白马从骊驹。

青丝系马尾，黄金络马头。

腰中鹿卢剑，可值千万余。

十五府小吏，二十朝大夫。

三十侍中郎，四十专城居。

为人洁白皙，鬤鬤颇有须。（白晰：一作白皙）

盈盈公府步，冉冉府中趋。

坐中数千人，皆言夫婿殊。"

8.《上邪》

上邪，我欲与君相知，长命无绝衰。

山无陵，江水为竭，

冬雷震震夏雨雪，

天地合，乃敢与君绝。

9.《孔雀东南飞》（节选）

鸡鸣外欲曙，新妇起严妆。

著我绣夹裙，事事四五通。

足下蹑丝履，头上玳瑁光。

腰若流纨素，耳著明月珰。

指如削葱根，口如含朱丹。

纤纤作细步，精妙世无双。

上堂拜阿母，阿母怒不止。

"昔作女儿时，生小出野里。

本自无教训，兼愧贵家子。

受母钱帛多，不堪母驱使。

今日还家去，念母劳家里"。

却与小姑别，泪落连珠子。

"新妇初来时，小姑始扶床；

今日被驱遣，小姑如我长。

勤心养公姥，好自相扶将。

初七及下九，嬉戏莫相忘"。

出门登车去，涕落百余行。

10.《涉江采芙蓉》

涉江采芙蓉，兰泽多芳草。

采之欲遗谁，所思在远道。

还顾望旧乡，长路漫浩浩。

同心而离居，忧伤以终老。

11.《迢迢牵牛星》

迢迢牵牛星，皎皎河汉女。

纤纤擢素手，札札弄机杼。

终日不成章，泣涕零如雨。

河汉清且浅，相去复几许！

盈盈一水间，脉脉不得语。

12.《西北有高楼》

西北有高楼，上与浮云齐。

交疏结绮窗，阿阁三重阶。

上有弦歌声，音响一何悲！

谁能为此曲，无乃杞梁妻。

清商随风发，中曲正徘徊。

一弹再三叹，慷慨有余哀。

不惜歌者苦，但伤知音稀。

愿为双鸿鹄，奋翅起高飞。

13.《青青陵上柏》

青青陵上柏，磊磊涧中石。

人生天地间，忽如远行客。

斗酒相娱乐，聊厚不为薄。

驱车策驽马，游戏宛与洛。

洛中何郁郁，冠带自相索。

长衢罗夹巷，王侯多第宅。

两宫遥相望，双阙百余尺。

极宴娱心意，戚戚何所迫？

14.《短歌行》（其一） 作者：曹操

对酒当歌，人生几何！譬如朝露，去日苦多。

慨当以慷，忧思难忘。何以解忧？唯有杜康。

青青子衿，悠悠我心。但为君故，沉吟至今。

呦呦鹿鸣，食野之苹。我有嘉宾，鼓瑟吹笙。

明明如月，何时可掇？忧从中来，不可断绝。

越陌度阡，枉用相存。契阔谈䜩，心念旧恩。

月明星稀，乌鹊南飞。绕树三匝，何枝可依？

山不厌高，海不厌深。周公吐哺，天下归心。

15.《七哀》 作者：曹植

明月照高楼，流光正徘徊。

上有愁思妇，悲叹有余哀。

借问叹者谁？言是宕子妻。

君行逾十年，孤妾常独栖。

君若清路尘，妾若浊水泥。

浮沉各异势，会合何时谐？

愿为西南风，长逝入君怀。

君怀良不开，贱妾当何依？

16.《燕歌行》（其一） 作者：曹丕

秋风萧瑟天气凉，草木摇落露为霜，群燕辞归雁南翔。

念君客游思断肠，慊慊思归恋故乡，君何淹留寄他方？

贱妾茕茕守空房，忧来思君不敢忘，不觉泪下沾衣裳。

援琴鸣弦发清商，短歌微吟不能长。

明月皎皎照我床，星汉西流夜未央。

牵牛织女遥相望，尔独何辜限河梁。

17.《咏怀诗八十二首》（其一） 作者：阮籍

夜中不能寐，起坐弹鸣琴。

薄帷鉴明月，清风吹我襟。

孤鸿号外野，翔鸟鸣北林。

徘徊将何见？忧思独伤心。

18.《悼亡诗》（其一） 作者：潘岳

荏苒冬春谢，寒暑忽流易。

之子归穷泉，重壤永幽隔。

私怀谁克从，淹留亦何益。

僶俛恭朝命，回心反初役。

望庐思其人，入室想所历。

帏屏无髣髴，翰墨有余迹。

流芳未及歇，遗挂犹在壁。

怅恍如或存，回惶忡惊惕。

如彼翰林鸟，双栖一朝只。

如彼游川鱼，比目中路析。

春风缘隙来，晨霤承檐滴。

寝息何时忘，沉忧日盈积。

庶几有时衰，庄缶犹可击。

19.《归园田居》（其一） 作者：陶渊明

少无适俗韵，性本爱丘山。

误落尘网中，一去三十年。

羁鸟恋旧林，池鱼思故渊。

开荒南野际，守拙归园田。

方宅十余亩，草屋八九间。

榆柳荫后檐，桃李罗堂前。

暧暧远人村，依依墟里烟。

狗吠深巷中，鸡鸣桑树颠。

户庭无尘杂，虚室有余闲。

久在樊笼里，复得返自然。

20.《咏荆轲》 作者：陶渊明

燕丹善养士，志在报强嬴。

招集百夫良，岁暮得荆卿。

君子死知己，提剑出燕京；

素骥鸣广陌，慷慨送我行。

雄发指危冠，猛气冲长缨。

饮饯易水上，四座列群英。

渐离击悲筑，宋意唱高声。

萧萧哀风逝，淡淡寒波生。

商音更流涕，羽奏壮士惊。

心知去不归，且有后世名。

登车何时顾，飞盖入秦庭。

凌厉越万里，逶迤过千城。

图穷事自至，豪主正怔营。

惜哉剑术疏，奇功遂不成。

其人虽已没，千载有余情。

21.《登池上楼》 作者：谢灵运

潜虬媚幽姿，飞鸿响远音。

薄霄愧云浮，栖川怍渊沉。

进德智所拙，退耕力不任。

徇禄反穷海，卧疴对空林。

衾枕昧节候，褰开暂窥临。

倾耳聆波澜，举目眺岖嵚。

初景革绪风，新阳改故阴。

池塘生春草，园柳变鸣禽。

祁祁伤豳歌，萋萋感楚吟。

索居易永久，离群难处心。

持操岂独古，无闷征在今。

22.《西洲曲》

忆梅下西洲，折梅寄江北。

单衫杏子红，双鬓鸦雏色。

西洲在何处？两桨桥头渡。

日暮伯劳飞，风吹乌臼树。

树下即门前，门中露翠钿。

开门郎不至，出门采红莲。

采莲南塘秋，莲花过人头。

低头弄莲子，莲子清如水。

置莲怀袖中，莲心彻底红。

忆郎郎不至，仰首望飞鸿。

鸿飞满西洲，望郎上青楼。

楼高望不见，尽日栏杆头。

栏杆十二曲，垂手明如玉。

卷帘天自高，海水摇空绿。

海水梦悠悠，君愁我亦愁。

南风知我意，吹梦到西洲。

23.《送杜少府之任蜀川》 作者：王勃
城阙辅三秦，风烟望五津。
与君离别意，同是宦游人。
海内存知己，天涯若比邻。
无为在歧路，儿女共沾巾。

24.《渡汉江》 作者：宋之问
岭外音书绝，经冬复立春。
近乡情更怯，不敢问来人。

25.《登幽州台歌》 作者：陈子昂
前不见古人，后不见来者。
念天地之悠悠，独怆然而涕下。

26.《渭城曲》 作者：王维
渭城朝雨浥轻尘，客舍青青柳色新。
劝君更尽一杯酒，西出阳关无故人。

27.《回乡偶书》 作者：贺知章
少小离家老大回，乡音无改鬓毛衰。
儿童相见不相识，笑问客从何处来。

28.《宿建德江》 作者：孟浩然
移舟泊烟渚，日暮客愁新。
野旷天低树，江清月近人。

29.《春晓》 作者：孟浩然
春眠不觉晓，处处闻啼鸟。
夜来风雨声，花落知多少。

30.《临洞庭上张丞相》 作者：孟浩然
八月湖水平，涵虚混太清。
气蒸云梦泽，波撼岳阳城。
欲济无舟楫，端居耻圣明。
坐观垂钓者，徒有羡鱼情。

31.《过故人庄》 作者：孟浩然
故人具鸡黍，邀我至田家。

绿树村边合，青山郭外斜。

开轩面场圃，把酒话桑麻。

待到重阳日，还来就菊花。

32.《鹿柴》 作者：王维

空山不见人，但闻人语响。

返景入深林，复照青苔上。

33.《竹里馆》 作者：王维

独坐幽篁里，弹琴复长啸。

深林人不知，明月来相照。

34.《相思》 作者：王维

红豆生南国，春来发几枝。

愿君多采撷，此物最相思。

35.《山居秋暝》 作者：王维

空山新雨后，天气晚来秋。

明月松间照，清泉石上流。

竹喧归浣女，莲动下渔舟。

随意春芳歇，王孙自可留。

36.《九月九日忆山东兄弟》 作者：王维

独在异乡为异客，每逢佳节倍思亲。

遥知兄弟登高处，遍插茱萸少一人。

37.《静夜思》 作者：李白

床前明月光，疑是地上霜。

举头望明月，低头思故乡。

38.《凉州词》 作者：王翰

葡萄美酒夜光杯，欲饮琵琶马上催。

醉卧沙场君莫笑，古来征战几人回。

39.《登鹳雀楼》 作者：王之涣

白日依山尽，黄河入海流。

欲穷千里目，更上一层楼。

40.《送孟浩然之广陵》 作者：李白

故人西辞黄鹤楼，烟花三月下扬州。

孤帆远影碧空尽，唯见长江天际流。

41.《早发白帝城》 作者：李白

朝辞白帝彩云间，千里江陵一日还。

两岸猿声啼不住，轻舟已过万重山。

42.《出塞》/《凉州词》 作者：王之涣

黄河远上白云间，一片孤城万仞山。

羌笛何须怨《杨柳》，春风不度玉门关。

43.《江南逢李龟年》 作者：杜甫

岐王宅里寻常见，崔九堂前几度闻。

正是江南好风景，落花时节又逢君。

44.《春望》 作者：杜甫

国破山河在，城春草木深。

感时花溅泪，恨别鸟惊心。

烽火连三月，家书抵万金。

白头搔更短，浑欲不胜簪。

45.《出塞》 作者：王昌龄

秦时明月汉时关，万里长征人未还。

但使龙城飞将在，不教胡马度阴山。

46.《长信怨》 作者：王昌龄

奉帚平明金殿开，暂将团扇共徘徊。

玉颜不及寒鸦色，犹带昭阳日影来。

47.《芙蓉楼送辛渐》 作者：王昌龄

寒雨连江夜入吴，平明送客楚山孤。

洛阳亲友如相问，一片冰心在玉壶。

48.《闺怨》 作者：王昌龄

闺中少妇不知愁，春日凝妆上翠楼。

忽见陌头杨柳色，悔教夫婿觅封侯。

49.《登岳阳楼》 作者：杜甫

昔闻洞庭水，今上岳阳楼。

吴楚东南坼，乾坤日夜浮。

亲朋无一字，老病有孤舟。

戎马关山北，凭轩涕泗流。

50.《望岳》 作者：杜甫

岱宗夫如何，齐鲁青未了。

造化钟神秀，阴阳割昏晓。

荡胸生层云，决眦入归鸟。

会当凌绝顶，一览众山小。

51.《蜀相》 作者：杜甫

丞相祠堂何处寻，锦官城外柏森森。

映阶碧草自春色，隔叶黄鹂空好音。

三顾频烦天下计，两朝开济老臣心。

出师未捷身先死，长使英雄泪满襟。

52.《子夜吴歌》 作者：李白

长安一片月，万户捣衣声。

秋风吹不尽，总是玉关情。

何日平胡虏，良人罢远征。

53.《玉阶怨》 作者：李白

玉阶生白露，夜久侵罗袜。

却下水晶帘，玲珑望秋月。

54.《清平调·其一》 作者：李白

云想衣裳花想容，春风拂槛露华浓。

若非群玉山头见，会向瑶台月下逢。

55.《清平调·其三》 作者：李白

名花倾国两相欢，常得君王带笑看。

解释春风无限恨，沉香亭北倚栏杆。

56.《渡荆门送别》 作者：李白

渡远荆门外，来从楚国游。

山随平野尽，江入大荒流。

月下飞天镜，云生结海楼。

仍怜故乡水，万里送行舟。

57.《送友人》 作者：李白

青山横北郭，白水绕东城。

此地一为别，孤蓬万里征。

浮云游子意，落日故人情。

挥手自兹去，萧萧班马鸣。

58.《次北固山下》 作者：王湾

客路青山外，行舟绿水前。

潮平两岸阔，风正一帆悬。

海日生残夜，江春入旧年。

乡书何处达，归雁洛阳边。

59.《月夜》 作者：杜甫

今夜鄜州月，闺中只独看。

遥怜小儿女，未解忆长安。

香雾云鬟湿，清辉玉臂寒。

何时倚虚幌，双照泪痕干！

60.《旅夜书怀》 作者：杜甫

细草微风岸，危樯独夜舟。

星垂平野阔，月涌大江流。

名岂文章著，官应老病休。

飘飘何所似，天地一沙鸥。

61.《黄鹤楼》 作者：崔颢

昔人已乘黄鹤去，此地空余黄鹤楼。

黄鹤一去不复返，白云千载空悠悠。

晴川历历汉阳树，芳草萋萋鹦鹉洲。

日暮乡关何处是，烟波江上使人愁。

62.《逢入京使》 作者：岑参

故园东望路漫漫，双袖龙钟泪不干。

马上相逢无纸笔，凭君传语报平安。

63.《终南山》 作者：王维

太乙近天都，连山到海隅。

白云回望合，青霭入看无。

分野中峰变，阴晴众壑殊。

欲投人处宿，隔水问樵夫。

64.《汉江临泛》 作者：王维

楚塞三湘接，荆门九派通。

江流天地外，山色有无中。

郡邑浮前浦，波澜动远空。

襄阳好风日，留醉与山翁。

65.《终南别业》 作者：王维

中岁颇好道，晚家南山陲。

兴来每独往，胜事空自知。

行到水穷处，坐看云起时。

偶然值林叟，谈笑无还期。

66.《月下独酌》 作者：李白

花间一壶酒，独酌无相亲。

举杯邀明月，对影成三人。

月既不解饮，影徒随我身。

暂伴月将影，行乐须及春。

我歌月徘徊，我舞影零乱。

醒时同交欢，醉后各分散。

永结无情游，相期邈云汉。

67.《宣州谢朓楼饯别校书叔云》/《陪侍御叔华登楼歌》 作者：李白

弃我去者，昨日之日不可留。

乱我心者，今日之日多烦忧。

长风万里送秋雁，对此可以酣高楼。

蓬莱文章建安骨，中间小谢又清发。

俱怀逸兴壮思飞，欲上青天览明月。

抽刀断水水更流，举杯消愁愁更愁。

人生在世不称意，明朝散发弄扁舟。

68.《梦游天姥吟留别》 作者：李白

海客谈瀛洲，烟涛微茫信难求。

越人语天姥，云霓明灭或可睹。

天姥连天向天横，势拔五岳掩赤城。

天台四万八千丈，对此欲倒东南倾。

我欲因之梦吴越，一夜飞度镜湖月。

湖月照我影，送我至剡溪。

谢公宿处今尚在，渌水荡漾清猿啼。

脚著谢公屐，身登青云梯。

半壁见海日，空中闻天鸡。

千岩万转路不定，迷花倚石忽已暝。

熊咆龙吟殷岩泉，慄深林兮惊层巅。

云青青兮欲雨，水澹澹兮生烟。

列缺霹雳，丘峦崩摧。

洞天石扉，訇然中开。

青冥浩荡不见底，日月照耀金银台。

霓为衣兮风为马，云之君兮纷纷而来下。

虎鼓瑟兮鸾回车，仙之人兮列如麻。

忽魂悸以魄动，恍惊起而长嗟。

惟觉时之枕席，失向来之烟霞。

世间行乐亦如此，古来万事东流水。

别君去兮何时还？

且放白鹿青崖间，须行即骑访名山。

安能摧眉折腰事权贵，使我不得开心颜！

69.《蜀道难》 作者：李白

噫吁嚱，危乎高哉！

蜀道之难，难于上青天。

蚕丛及鱼凫，开国何茫然。

尔来四万八千岁，不与秦塞通人烟。

西当太白有鸟道，可以横绝峨眉巅。

地崩山摧壮士死，然后天梯石栈相钩连。

上有六龙回日之高标，下有冲波逆折之回川。

黄鹤之飞尚不得过，猿猱欲度愁攀援。

青泥何盘盘，百步九折萦岩峦。

扪参历井仰胁息，以手抚膺坐长叹。

问君西游何时还，畏途巉岩不可攀。

但见悲鸟号古木，雄飞雌从绕林间。

又闻子规啼夜月，愁空山。

蜀道之难，难于上青天，使人听此凋朱颜。

连峰去天不盈尺，枯松倒挂倚绝壁。

飞湍瀑流争喧豗，砯崖转石万壑雷。

其险也若此，嗟尔远道之人胡为乎来哉！

剑阁峥嵘而崔嵬，一夫当关，万夫莫开。

所守或匪亲，化为狼与豺。

朝避猛虎，夕避长蛇。

磨牙吮血，杀人如麻。

锦城虽云乐，不如早还家。

蜀道之难，难于上青天，侧身西望长咨嗟！

70.《行路难》 作者：李白

金樽清酒斗十千，玉盘珍羞直万钱。

停杯投箸不能食，拔剑四顾心茫然。

欲渡黄河冰塞川，将登太行雪满山。

闲来垂钓碧溪上，忽复乘舟梦日边。

行路难，行路难，多歧路，今安在？

长风破浪会有时，直挂云帆济沧海。

71.《将进酒》 作者：李白

君不见黄河之水天上来，奔流到海不复回。

君不见高堂明镜悲白发，朝如青丝暮成雪。

人生得意须尽欢，莫使金樽空对月。

天生我材必有用，千金散尽还复来。

烹羊宰牛且为乐，会须一饮三百杯。

岑夫子，丹丘生，将进酒，杯莫停。

与君歌一曲，请君为我倾耳听。

钟鼓馔玉不足贵，但愿长醉不复醒。

古来圣贤皆寂寞，惟有饮者留其名。

陈王昔时宴平乐，斗酒十千恣欢谑。

主人何为言少钱，径须沽取对君酌。

五花马，千金裘，呼儿将出换美酒，与尔同销万古愁。

72.《闻官军收河南河北》 作者：杜甫

剑外忽传收蓟北，初闻涕泪满衣裳。

却看妻子愁何在，漫卷诗书喜欲狂。

白日放歌须纵酒，青春作伴好还乡。

即从巴峡穿巫峡，便下襄阳向洛阳。

73.《南吕·一枝花·不伏老》（节选） 作者：关汉卿

我是个蒸不烂、煮不熟、捶不匾、炒不爆、响珰珰一粒铜豌豆，恁子弟每谁教你钻入他锄不断、斫不下、解不开、顿不脱、慢腾腾千层锦套头？我玩的是梁园月，饮的是东京酒，赏的是洛阳花，攀的是章台柳。我也会围棋、会蹴踘、会打围、会插科、会歌舞、会吹弹、会咽作、会吟诗、会双陆。你便是落了我牙、歪了我嘴、瘸了我腿、折了我手，天赐与我这几般儿歹症候，尚兀自不肯休！则除是阎王亲自唤，神鬼自来勾。三魂归地府，七魄丧冥幽。天哪！那其间才不向烟花路儿上走！

74.《天净沙·秋思》 作者：马致远

枯藤老树昏鸦，小桥流水人家，古道西风瘦马。

夕阳西下，断肠人在天涯。

75.《山坡羊·潼关怀古》 作者：张养浩

峰峦如聚，波涛如怒，山河表里潼关路。望西都，意踟蹰。

伤心秦汉经行处，宫阙万间都做了土。兴，百姓苦；亡，百姓苦！

76.《桂殿秋》（一名《捣练子》） 作者：朱彝尊

思往事，渡江干，青蛾低映越山看。共眠一舸听秋雨，小簟轻衾各自寒。

77.《长相思》 作者：纳兰性德

山一程，水一程，身向榆关那畔行。夜深千帐灯。 风一更，雪一更，聒碎乡心梦不成。故园无此声。

78.《红楼梦》之《葬花吟》（节选） 作者：曹雪芹

花谢花飞花满天，红消香断有谁怜？

游丝软系飘春榭，落絮轻沾扑绣帘。

闺中女儿惜春暮，愁绪满怀无释处。

手把花锄出绣帘，忍踏落花来复去。

......

一年三百六十日，风刀霜剑严相逼。

明媚鲜妍能几时，一朝漂泊难寻觅。

花开易见落难寻，阶前愁杀葬花人。

独倚花锄泪暗洒，洒上空枝见血痕。

……

天尽头，何处有香丘？

未若锦囊收艳骨，一抔净土掩风流。

质本洁来还洁去，强于污淖陷渠沟。

尔今死去侬收葬，未卜侬身何日丧？

侬今葬花人笑痴，他年葬侬知是谁？

试看春残花渐落，便是红颜老死时。

一朝春尽红颜老，花落人亡两不知！

79.《红楼梦》之《好了歌》 作者：曹雪芹

世人都晓神仙好，惟有功名忘不了！

古今将相在何方？荒冢一堆草没了。

世人都晓神仙好，只有金银忘不了！

终朝只恨聚无多，及到多时眼闭了。

世人都晓神仙好，只有娇妻忘不了！

君生日日说恩情，君死又随人去了。

世人都晓神仙好，只有儿孙忘不了！

痴心父母古来多，孝顺儿孙谁见了？

80.《蝶恋花·答李淑一》 作者：毛泽东

我失骄杨君失柳，杨柳轻飏，直上重霄九。问讯吴刚何所有，吴刚捧出桂花酒。　　寂寞嫦娥舒广袖，万里长空，且为忠魂舞。忽报人间曾伏虎，泪飞顿作倾盆雨。

81. 曹操

82. 王粲

83. 谢灵运

84. 鲍照

85. 谢朓

86. 骆宾王

87. 王勃

88. 陈子昂

89. 张九龄

90. 王之涣

91. 李颀

92. 贺知章

93. 张旭

94. 孟浩然

95. 王维

96. 王昌龄

97. 张若虚

98. 岑参

99. 刘长卿

100. 韦应物

101. 杜牧

102. 李商隐

103. 王禹偁

104. 晏殊

105. 梅尧臣

106. 苏舜钦

107. 林逋

108. 张先

109. 周邦彦

110. 晏几道

111. 贺铸

112. 范成大

113. 杨万里

114. 姜夔

115. 吴文英

116. 文天祥

117. 张炎

118. 蒋捷

119. 元好问

120. 萨都剌

121. 高启

122. 唐寅

123. 王冕

124. 戚继光

125. 徐渭

126. 李攀龙

127. 王世贞

128. 夏完淳

129. 钱谦益

130. 吴伟业

131. 陈维崧

132. 王士禛

133. 纳兰性德

134. 袁枚

135. 赵翼

136. 郑燮

137. 郑珍

第八部分　名句续作

（明）仇英《桃源仙境图》

1. 相看两不厌（唐李白《独坐敬亭山》诗）

参考答案：

我与洞庭湖。

默对北山云。

2. 只愿君心似我心（北宋李之仪《卜算子》［我住长江头］词）

参考答案：

心心总相印。

相倚到、天荒地老。

3. 待到重阳日（唐孟浩然《过故人庄》诗）

参考答案：

携壶上翠微。

满山野菊花。

4. 春风又绿江南岸（北宋王安石《泊船瓜洲》诗）

参考答案：

广厦万千望眼新。

高铁穿行花海潮。

5. 会当凌绝顶（唐杜甫《望岳》诗）

参考答案：

襟快八面风。

一勺饮天河。

6. 天地有正气（南宋文天祥《正气歌》）

参考答案：

万众仰清风。

举国唱大风。

7. 大风起兮云飞扬（西汉刘邦《大风歌》）

参考答案：

鲲鹏展翅兮越重洋。

我欲蹑云兮揽八荒。

8. 梅须逊雪三分白（南宋卢梅坡《雪梅》诗）

参考答案：

枫自欺霜一片红。

竹可穿云百丈青。

9. 君看一叶舟（北宋范仲淹《江上渔者》诗）

参考答案：

能破万里浪。

曾载万斛愁。

10. 最喜小儿无赖（南宋辛弃疾《清平乐·村居》词）

参考答案：

居然要娶新娘。

缠人领养熊猫。

11. 此情可待成追忆（唐李商隐《锦瑟》诗）

参考答案：

爱就高声说出来。

不想忆就赶紧追。

12. 春眠不觉晓（唐孟浩然《春晓》诗）

参考答案：

梦里笔生花。

一枕莺花绕。

13. 山中何所有（南朝梁陶弘景《诏问山中何所有赋诗以答》诗）

参考答案：

万壑响松涛。

春雨杜鹃红。

14. 请君试问东流水（唐李白《金陵酒肆留别》诗）

参考答案：

人生曲折路多长？

一路走来多少弯？

15. 可怜故乡水（唐李白《渡荆门送别》诗）

参考答案：

不复少时清。

长在梦里流。

16. 机关算尽太聪明（清曹雪芹《红楼梦》）

参考答案：

都成了、老虎苍蝇。

输了个、干干净净。

17. 谁道人生无再少（北宋苏轼《浣溪沙·游蕲水清泉寺》词）

参考答案：

春来老树发新枝。

夕阳能焕旭阳红。

18. 小楼一夜听春雨（南宋陆游《临安春雨初霁》诗）

参考答案：

拂晓推窗满院花。

梦见满山油菜花。

19. 东风夜放花千树（南宋辛弃疾《青玉案·元夕》词）

参考答案：

我在千树花里住。

万紫千红总是春。

20. 问世间情为何物（元元好问《摸鱼儿·雁丘词》）

参考答案：

似秋水、还似春山。

等闲看、天荒地老。